인물을 나로 표현하는 배우 하지성

?

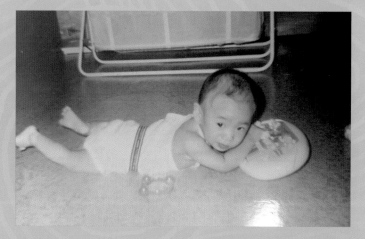

1세 때

7세 때

?

가족사진

초등학교 친구들과

중학교 친구들과

고등학교 친구들과

자운고 1학년 수학여행 2007.5.2~4 제주도

고등학교 수학여행

2023 <틴에이지 딕> 포스터

나는 클라리사를 끌어내리고

<틴에이지 딕> 홍보영상(국립극장), 백상예술대상 수상자 호명 순간(jtbc)

제59회 백상예술대상 수상

?

누구 시리즈 30

문학적 초상화 프로젝트

# 2024년 <누구?!시리즈10>을 발간하며

궁금증이 감탄으로 변하게 하는 이야기를 담은 작은 인문학도서 <누구?!시리즈>를 기획하게 되었다. 인문학이란 사람의 이야기를 기본으로 하는데 그 삶에서 장애는 비장애인들이 경험하지 못한 특별한 이야기여서 사람들에게 감동을 준다.

특히 장애인예술은 장애예술인의 삶 속에서 녹아 나온 창작이라서 장애예술인 이야기를 책으로 만드는 <누구?!시리즈>는 꼭 필요한 작업이다. 이 책은 장애예술인의 활동을 알리는 소중한 자료가 될 것이기에 <누구?!시리즈> 100권 발간 목표를 세웠다. 의문과 감탄을 동시에 나타내는 기호 인테러뱅(interrobang)이 <누구?!시리즈>를 통해 새로운 감성으로 확산될 것으로 믿는다.

<누구?!시리즈 100>이 완간되면 한국을 빛내는 장애예술인 100인이 탄생하여 장애인예술의 진가를 인정받게 될 것이며, 100인의 장애예술인을 해외에 소개하면 한국장애인예술의 우수성이 K-컬처의 새로운 화두가 될 것이다.

_ (사)한국장애예술인협회 회장 방귀희

인물을 나로 표현하는 배우 하지성 – **누구 시리즈 30**
하지성 지음

**초판1쇄 발행** 2024년 11월 1일

**지은이**  하지성
**펴낸이**  방귀희
**펴낸곳**  도서출판 솟대
**등 록**  1991년 4월 29일
**주 소**  서울시 금천구 서부샛길 606, 대성지식산업센터 B동 2506-2호
**전 화**  02)861-8848
**팩 스**  02)861-8849
**홈주소**  www.emiji.net
**이메일**  klah1990@daum.net

값 12,000원

ISBN 979-11-985730-5-6 03810

주최

후원 ⓢ 문화체육관광부    한국장애인문화예술원
Korea Disability Arts & Culture Center

30
누구 시리즈

# 인물을 나로 표현하는
# 배우 하지성

하지성 지음

## 무대 위에서 소통하고 싶다

도서출판
솟대

## 내가 있을 곳은 언제나 무대 위

　길고 긴 편지를 썼다. 나조차도 외면했던 지난날의 나에게. 먼 시간 속으로 걸어 들어가 오롯이 나 자신에게만 귀를 기울이고, 상처 입은 나에게 깊은 화해를 청하고 나니 이제야 조금은 후련한 기분이 든다. 이제는 지난날을 좀 덜 연민하고 더 담담하게 바라볼 수 있을 것 같다.

　"문제를 푸는 동안의 떨림, 흥분, 불안. 답이 나오든 안 나오든 몰두했을 때만 만날 수 있는 그런 순간들 때문이 아닐까?"

　어떤 문제를 푼다고 행복해지는 것도 아니고, 못 푼다고 불행해지는 것도 아닌데 왜 수학자들은 계속 문제를 풀고 증명하느냐는 질문에 주인공은 이렇게 대답했다. 드라마 〈멜랑꼴리아〉의 한 장면이었다. 왜 무대에 오르냐고 나에게 묻는다면 나도 같은 대답을 할 것이다. 무대 위에 있는 동안의 떨림, 흥분, 불안. 명연기가 나오든 안 나오든 몰두했을 때만 만날 수 있는 그런 순간들 때문에 오늘도 무대 위에 서 있다고 말이다.

　언젠가 우리 극단의 배우가 비장애인과 협업 공연을 하는데 한 기자가 기사에서 "발성이 편하지 않은 배우"라고 쓴 적이 있다. 잘

못된 표현이고 많이 속상했다. 편하지 않다는 건 다분히 비장애인 관점에서의 해석일 뿐이다. 비장애인들이 볼 때는 내 움직임이 불안해 보일 수 있지만 그저 내 고유한 떨림이고 움직임이다. 내가 할 수 있는 나만의 움직임을 발견해 가면서 최선의 연기 방식을 찾아가려고 한다. 나는 불편한 배우가 아니라 나만의 고유성을 가진 배우이고 또 그렇게 인정받기를 바란다.

비장애인 배우들과 협업을 하다 보면 나로 인해 이동권에 대한 고민을 함께하게도 되고 극장 접근성, 배리어프리에 대해서도 자연스럽게 얘기하게 된다. 당연한 일이지만 보람을 느낀다. 하지만 동시에 외로움을 느낄 때도 있다. 비장애인 중심 사회의 작업 환경에 놓이다 보니 다양하게 불편한 지점들이 있기 때문이다. 예를 들어 장애가 있는 배우에게 대본을 줄 때 어느 쪽이 편한지 미리 묻지 않고 똑같은 대본을 주게 되면 장애인 배우는 내내 힘겹게 대본을 넘겨야 하는 일이 발생한다. 장애인과 비장애인 배우들이 앞으로의 협업에서 서로 편안할 수 있는 환경이 조성되도록 노력할 것이다. 이것이 무대 위에서도 그리고 무대 뒤에서도 내가 존재해야 하는 이유다.

무대가 주는 흥분과 떨림, 희열과 슬픔, 실망과 보람… 그 모든 것들을 무대 안팎에서 맘껏 느끼고 누리는 배우로 살고 싶다! 나의 꿈은 여전히 진행형이다.

2024년 여름에
배우 하지성

차례

J에게

...

"엄마, 가!"

엄마를 등지고 앉아 애써 눈물을 삼키고 있는 열여덟 살의 너를 본다. 목구멍이 타들어 갈 것만 같은 뜨거운 설움을 겨우 삼키며 간신히 끄집어낸 말이었지. 엄마에게 차마 들키고 싶지 않았던 모습을 너는 그만 그날 들키고 말았던 거야. 고2 수련회에서였어.

"지성아, 수련회는 어머니가 동행하는 게 좋겠다."

수련회 가기 3일 전. 수련회 담당 선생님이 말했어. 너는 혼자서 갈 수 있다고 말해 보았지만 선생님에게 네 말은 별로 힘이 없었어. 엄마가 수련회에 같이 오시면 학교에서 친구들과 어울리지 못하고 혼자인 네 모습을 들켜 버리고 말 텐데 너는 어떻게든 그런 모습을 엄마에게 보이고 싶지 않았어.

'이럴 거면 차라리 안 간다고 할걸.'

속으로 후회도 해 봤지만 소용없는 일. 너는 엄마라도 완강히 거절해 주길 바랐지만 역시 괜한 바람이었지. 학년 부장님과 통화한 엄마는 결국 수련회 동행을 수락해 버리고 말았거든.

수련회 날, 수련회라고 해서 평소와 다를 건 없었어. 친구들은 친한 친구들끼리 한껏 들떠서 떠들고 있는데 넌 초조하기만 했어. 저 밝고 신나는 친구들 사이 그 어디에도 너의 자리가 없다는 사실을 엄마가 눈치채 버릴까 봐.

'억지로 친한 척이라도 해 볼까?'

넌 정말 미칠 거 같은 마음에 별생각을 다 해 봤어. 그러나 주변 머리나 용기가 있었더라면 애초에 혼자일 이유도 없었겠지. 넌 금방 체념할 수밖에 없었어. 결국 넌 들키고 만 거야. 학교에서 외톨이였다는 것을, 그동안 언제나 섬처럼 혼자 떠돌았다는 것을.

저녁을 먹고 혼자 숙소에 와서 쉬고 있는데 엄마가 들어오셨어. 저녁 먹고 나면 가라고 했는데 엄만 가지 않았던 거야. 당황했지만 너는 애써 웃으면서 엄마에게 잘 놀고 있다고 말했어.

"너도 친구를 사귀면 좋을 텐데…"

엄마도 너만큼이나 쓸쓸한 목소리로 혼잣말처럼 네게 말했어.

"엄마, 우리나라가 거의 이겼어."

마침 DMB로 WBC 야구 경기를 보고 있던 너는 짐짓 딴청을 부려 봤지만 아무 소용없었어. 울컥 목구멍을 타고 올라오는 뜨거운 울음에 그만 말문이 막혀 버렸거든.

"그러게… 엄마."

가까스로 눈물을 삼키며 건져 올린 말이란 게 고작 그거뿐이었어.

그날의 너를 떠올리는 것으로부터 나는 이 긴 편지를 시작하려고 한다. 네가 나에게로 오기까지 걸어온 시간의 무늬들을 되짚어 보며 너라는 녀석을 깊이 헤아려 보고 싶어. 먼 시간을 걸어 들어가 그때의 너를 만나고 너를 해석하고 너의 의미를 묻고 싶어. 왜냐하면 아직도 내게 아픈 기억으로 남아 있는 그 시절의 너를 이제는 떠나보내고 싶으니까. J, 너와 온전히 화해하기 위해 이 편지를 쓴다.

## 여기에 있다

...

    내 인생 최고의 순간이 있다면 바로 그날이다. 2023년 제59회 백상예술대상 시상식이 있던 그날. 그날 나는 국내 최고 권위의 종합예술상인 백상예술대상 시상식 무대 위에 있었다. 내가 연극 부문에서 연기상을 수상한 것이다. 백상예술대상 59년 역사상 장애인 배우 최초 수상이라는 새 역사를 기록하는 순간이었다.

    시상식 한 달 전쯤 내가 백상예술대상 후보에 올랐다는 소식을 들었다. 함께 공연했던 피디님으로부터였다. 내 이름이 후보에 올랐다는 것만으로도 무척 기뻤다. 사실 30대 후반쯤엔 배우로서 내 이름이 세상에 조금 알려지면 좋겠다는 꿈이 있었다. 그런데 내 이름이 최고 권위의 종합예술상 시상식 후보에 오르다니. 그것만으로도 꿈을 이룬 기분이었다. 후보에 오른 다른 쟁쟁한 배우 님들 사이에 내 이름도 있다는 게 믿기지 않을 지경이었다. 시상식 의 특성상 수상자 선정은 철저하게 보안상태에서 이루어지기 때 문에 발표 직전까지 나는 전혀 내 이름이 불리게 될 줄 모르고 있

<틴에이지 딕> 공연 중 ⓒ국립극장

jtbc 자료화면 ⓒjtbc

었다.

3년 전에 백상예술대상에 연극 〈인정투쟁〉으로 장애인 배우 김원영이 후보로 오른 적은 있었다. 그때 수상이 불발되어서 조금 아쉬웠는데 이번에는 후보에 그치지 말고 상을 받는다면 의미 있지 않을까 생각은 했다. 그렇게 된다면 장애인예술이 좀 더 세상에 주목받는 기회가 되지 않을까 기대하는 마음에서였다. 개인적으로 상을 받고 싶다는 욕심보다도 이 기회에 장애예술인들이 동시대에 활발하게 활동하고 있다는 사실을 세상에 알릴 기회가 되면 좋겠다는 생각이었다.

'내가 드디어 시상식에 와 있구나!'

시상식의 1부 생방송이 시작되고 나니 비로소 내가 그 자리에 있다는 것이 실감 나기 시작했다. 울컥 감정이 복받치고 얼굴이 상기되면서 온갖 감정들이 올라왔다. 후보로 지명되고부터 내내 붕 뜬 채 허당 짚는 기분이었는데 비로소 현실의 땅을 짚는 기분이 들었다.

"제59회 백상예술대상 연극 부문 연기상, 〈틴에이지 딕〉의 하지성 배우님!"

드디어 내 이름이 불렸다. 예상하지 못했지만 간절했던 그 이름. 순간 머릿속이 하얘졌다. 무대에 올라 상을 받고 꽃다발을 받아 들려면 정신을 바짝 차려야 한다는 생각만 했다. 전동휠체어를 타고 무대 위로 향하는 경사로를 오르며 힘차게 손을 흔들었다. 그간 비장애인 배우만 받아 왔던 그 상을 이제 내가 받게 됐다는 환희와 울분이 무의식적으로 그렇게 터져 나온 것 같았다.

그러나 장애인 배우의 수상에 대해 세상은 아직 준비되지 못했다는 것을 키 높은 마이크가 곧바로 증명해 주었다. 수상자인 나를 위해 아무도 키 높은 마이크 거치대를 낮춰 주지 않았다. 다만 방송 스태프 중 누군가 무선 마이크를 가져와 내 앞에 대 주었을 뿐이다.

"마이크를 더 내려야 하는데 아쉽군요."

얼떨떨한 중에도 나는 그런 상황을 날카롭게 꼬집었다. 내 지적이 앞으로 모든 시상식의 풍경을 변화시키는 작은 기폭제가 되길 바라면서.

"2분 안에 말해야 하는데, 장애를 이용해 1분만 더 쓰겠습니다."

이어서 나는 기죽지 않고 내 장애를 당당히 드러내기를 주저하지 않았다. 머릿속이 하얗고 정신없는 상황에서도 나는 내게 주어진 수상 소감의 기회를 통해 내가 거기에 있음을 세상에 고했다.

"연기하면서 많은 대사량, 3시간 동안 무대에 있는 것 자체가 무섭고 떨렸습니다. 그럼에도 불구하고 연출자님과 배우들이 기

백상예술대상 시상식에서 배우 탕웨이와 함께

백상예술대상 시상식에서 배우 변요한과 함께

다려 주고 인정해 주어 계속 연기를 할 수 있었죠. 이 상은 저에게 무섭습니다. 무대에 서면 잘하려고 하고, 잘하고 싶어집니다. 무대에 존재하려고 애쓰고 있습니다. 끝으로 연극 단원들과 함께 영광을 누리고 싶습니다."

9분 48초 동안 그렇게 무대는 내 것이었다. 꿈꾸던 순간 한가운데 그렇게 내가 있었다. 배우 하지성이 그렇게 이 세상에 존재하고 있다는 사실을 온 세상에 알리는 가슴 벅찬 순간이었다.

J, 장애인 배우로서 내가 그 순간에 느낀 자부심을 너는 과연 이해할 수 있을까?

J, 너 기억하니? 네가 참여했던 연극 〈여기에 있다〉 대본을 쓰고 연출하는 전 과정을 네가 참여했었지. 그 무대에서 넌 이렇게 말했어. 마치 무슨 인생의 날카로운 복선처럼 말이야.

'나는 사람들에게 이야기를 전달해 주고 싶다. 비장애인이 되고 싶다. 고민이 많은 것보다 재미있게 하고 싶다. 좋은 사람이 되고 싶다. 사람들과 더 많이 어울리고 싶다. 단점보다 장점이 많은 배우가 되고 싶다. 배우로서 모든 능력치를 끌어올리고 발휘하고 싶다. 대본을 이해하고 싶다. 대본 분석을 잘하고 싶다. 소통을 할 때 기똥차게 알아듣고 싶다. 인물을 잘 구현해 내고 싶다. 자신감이 넘치고 싶다. 캐릭터를 전부 소화하고 싶다. 감정을 많이 느껴 보고 싶다. 표현을 잘하고 싶다. 마음껏 움직이고 싶다. 연기를 잘하고 싶다. 공연 중에 사고가 나더라도 자연스럽게 넘기고 싶다. 센스가 있고 싶다. 나는 사람들에게 각인이 되고 싶다. 배우로서 사랑받고 싶다. 내가 하는 연기가 관객들에게 호평받고 싶다. 관객과의 대화를 할 때 말을 잘하고 싶다. 재치가 있고 싶다. 분위기 메이커가 되고 싶다. 외부 작업을 많이 하고 싶다. 연출과 작품을 할 때 의견이나 아이디어를 많이 제시하고 싶다. 연출에게 의지하고 싶지 않다. 백상예술대상에서 상을 받아 수상 소감을 꼭 말하고 싶다.'

연극에서 너는 워커를 붙들고 달리며 네가 이루고 싶은 것들을 숨 가쁘게 나열했어. 그 마지막 바람이 바로 '백상예술대상에서 상을 받아 수상 소감을 꼭 말하고 싶다.'는 거였지. 놀랍게도 마치 신통한 예언가의 예언처럼 3년 만에 그 바람이 그대로 이루어진 거야.

그때 넌 무대 위에서 걷고 싶었어. 뛰고 싶었어. 워커를 붙들고라도 걷고 싶은 네 간절한 열망을 표현했던 거야. 그런 네가 과연 휠체어를 타고 있다는 것에서 느낀 나의 자부심을 이해할 수 있을까. 너에게 걷는다는 건 어떤 의미였을까.

걷는다는 것의 의미

...

너의 나이 스물한 살 즈음이었어. 걷기 위해서, 걷고 싶어서 골
반 수술을 했지. 너무 아픈 고통을 사람들은 '뼈아픈 고통'이
라고들 하잖아. 그때 그 말을 절감했어. 틀어져 굳은 뼈를 샅샅
이 발라내고 다시 재조립하는 것 같은 통증이었지. 수술 후 6개
월 동안이나 똑바로 누워서 지내야만 하는 것도 엄청난 고통이었
어. 오로지 다시 서서 걸을 수 있다는 희망만으로 그 시간을 견뎠
지. 너는 어떻게든 무대 위에서 걷고 싶었어. 그 열망이 너를 버티
게 했어. 그런데 그 긴 고통 끝엔 절망만이 기다리고 있을 뿐이었
지. 재조립된 뼈도 너를 일으키진 못했어. 결국 수술은 실패했고
넌 괜한 고통을 감수한 꼴이 되어 버렸던 거야.

그래도 어떻게든 걷자, 운동을 하자, 운동하면 좋아질 것이다,
스스로 희망 고문을 했어. 무엇으로도 걷고 싶은 네 열망을 빼앗
을 순 없었지. 그래서 워커를 열심히 끌고 다녔어. 아팠지만 걸어

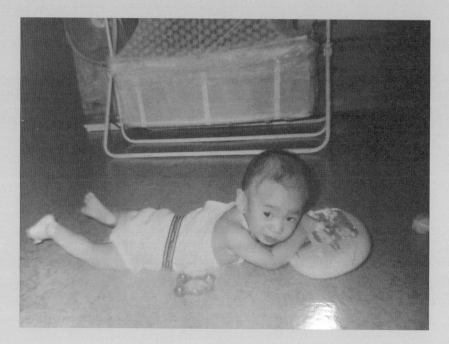

1세 때

서 연기해 보겠다는 일념으로. 걸어야만 한다는 너의 그 열망은 어디서부터 비롯된 것일까.

너는 걸음이 느린 아이였어. 난산으로 인한 뇌의 산소 부족으로 뇌병변장애 판정을 받은 너는 아주 어릴 때부터 재활치료를 지겹도록 받아야만 했어. 6세 때까지 받은 수치료를 너는 아직도 끔찍하게 기억하지.

열 살이 되어서야 겨우 첫걸음을 뗄 수 있었어. 마치 자전거를 배우듯 어느 순간 붙잡고 있던 엄마 손을 놓았지. 잔뜩 겁을 먹었지만 한 걸음, 한 걸음… 혼자 걸음을 내딛을 때의 그 희열을 넌 아마 아직도 잊을 수가 없겠지. 아기들이 걸음마를 뗄 때 그 환희에 찬 순간을 생생히 기억할까. 열 살의 너는 그 순간을 생생하게 기억해. 어쩌면 너무도 생생하게 그 순간을 기억하기 때문에 '걷는다'는 감각이 주는 그 희열을 여전히 갈망하는지도 몰라.

하지만 기쁨도 잠시. 걷는 순간 너는 친구들과 다르다는 걸 알았어. 네가 걸음을 떼는 순간 주변에 있는 모든 시선이 너에게 와서 꽂혔고, 심지어 어떤 아이들은 너를 이상하다며 경멸의 시선을 보내기도 했지. 그 날카롭고 조롱 섞인 시선들이 너를 할퀴었어. 그런 시선들이 너를 바라보는 너의 시선마저 비뚤어지게 만들어 버린 거야. 그 시선들이 싫었어. 너조차도 네가 싫었지.

"난 왜 이렇게 태어났어?"

6세 때

7세 때

"이렇게 많은 사람 중에 왜 하필 나야?"
"내가 너무 싫어!"
"차라리 내가 없어져 버렸으면 좋겠어!"
"엄마도 싫어! 왜 하필 나를 이렇게 낳았어?"

너는 집에 돌아와 울먹이며 엄마에게 한없는 비수의 말들을 쏟아부었어. 미안하다며 엄마도 너를 껴안고 울었지. 너도 울음을 터뜨리고야 말았어. 엄마가 우니까 따라 운 게 아니야. 그동안 무심코 눌러 놓았던 모든 서운한 감정들과 설움이 한꺼번에 봇물 터지듯 쏟아져 나온 거야. 동생은 돌잔치를 해 주었으면서 왜 너는 해 주지 않았는지, 아빠 봉고차 열쇠고리에는 왜 동생 사진만 들어 있는 건지 다 시비 걸고 싶었어.

"그래! 난 장애인이니까 신경 안 써 준다 이거지? 몸이 불편하니까, 알았어."

어찌 보면 지금 생각해도 찌질한 설움이긴 했어. 그럼에도 방문 걸어 잠그고 하염없이 울고 싶을 만큼 너에겐 충분한 슬픔이었지.
사람들의 따가운 시선을 느낄수록 너는 더 잘 걷고 싶었어. 그래서 학교에 갈 때마다 속으로 시간을 재곤 했지.
'집에서 학교까지 걸어가는 데 오늘은 얼마나 시간을 단축했는지' 매일 시간을 재며 날마다 조금씩 나아지기를 바라고 또 바랐어. 그럼에도 별로 나아지지 않았어. 안타깝게도 말이야. 급기야 어느 순간엔 갑자기 발이 안쪽으로 돌아가기 시작했고 열다섯 살 무렵엔 결국 돌아간 발을 교정하려고 보조기를 차야만 했어. 너에게 그건 네가 다른 아이들과 더 다른 사람이 된다는 뜻이었지. 왜 언제나 열망이 뜨거울수록 상황은 악화되는 것일까.

 너에게 걷는다는 것은, 어쩌면 남들과 다르지 않다는 것을 증명하는 증표 같은 것이었을지도 몰라. 네가 남들과 다르다는 것을 아는 순간부터 외로움은 천형처럼 너를 따라다녔지.
 뚜벅뚜벅 걸어서 너는, 너를 가둔 그 외로움으로부터 도망치고 싶었어.

## 친구가 될 기회

...

  학창 시절의 너를 떠올리면 늘 혼자 있는 네가 보여. 시끄럽게 재잘대는 친구들 사이에서 물끄러미 친구들을 바라보고 있는 너. 누군가 네게 말을 걸면 수줍게 고개를 돌려 버리는 너. 말 걸고 싶은 친구들의 뒷모습을 그저 바라보기만 하는 너. 언제나 외톨이였던 너.

  생각해 보면 그런 네게도 친구를 만들 기회는 있었어. 기억하니? 병진이, 윤원이, 우진이. 학창 시절의 우정은 포도주 같다지? 오랠수록 깊어지고 향기로운 우정이라고. 어른이 되면 필요와 계산이 우선이어서 그런 우정은 학창 시절에나 가능하다지? 너에게도 그렇게 포도주처럼 발효될 수 있는 우정을 만들어 갈 기회가 정말 있었다고.

  병진이는 열한 살에 만난 친구였어. 열한 살, 이제 고학년이 됐다고 생각한 너는 어쩐지 학년이 올라간 만큼 몸도 자란 기분이 들었어. 집에서 학교까지 걸어서 가는 시간이 5분이나 단축된 걸

초등학교 친구들과

초등학교 친구들과

확인했을 땐 빨라진 걸음에 뿌듯하기까지 했지.

'이제 고학년이구나!'

네가 고학년이 됐다고 느낀 아주 사소한 이유가 뭐였는 줄 알아? 교과서에서 문제를 제시할 때 어미가 '~일까요?'에서 '~인가?'로 바뀌었다는 것. 다른 아이들도 그 사소한 변화를 다들 알아챘을까. 그 작은 변화를 너는 미세하게 알아챘지. 그 미세한 변화가 혹시나 너를 더 낯설고 어렵게 만들까 봐 걱정하고 긴장할 만큼 너는 예민한 아이였어.

개학식 날이었을 거야. 개학식이 끝나고 선생님은 아이들 자리 배정을 위해 자리에서 일어나 교실 뒤에 서 있으라고 하셨지. 어떤 친구와 앉게 될지 떨리는 마음으로 서 있는데 한 친구가 와서 네게 말을 걸었어.

"안녕? 난 민병진이야, 앞으로 친하게 지내자. 그럼 이따 봐!"

그 다정한 인사에 넌 잠시 아득했어. 저 친구의 저런 다정함과 친근감은 어디에서 나오는 걸까. 너로서는 이해할 수도 흉내 낼 수도 없는 먼 종족의 얘기 같았거든. 어쨌든 처음 만난 친구들 사이에서 서먹했는데 그 친구 덕분에 한결 편안해졌어.

병진이는 입학식이 끝나고 나서도 집에 같이 가자고 네게 말을 걸어 주었고 그 후로부터 쭉 병진이와 등하교를 함께하는 사이가 됐어. 뿐만 아니라 한 달에 한 번씩은 너희 집에서 게임도 하고 라면도 먹으며 늦게까지 놀다가 같이 잠들기도 했지. 좋은 친구였어.

또 다른 친구는 우진이. 13세에 만난 우진이는 유독 변덕스러운 친구였어. 처음엔 너를 괴롭히던 친구였지. 종종 네 옆자리에서 심하게 장난을 쳐서 말다툼할 때가 많았고 뜬금없이 햄스터를 키워 달라고 너를 졸졸 쫓아다니며 귀찮게 굴기도 했어. 싫다고 하면 뒤에서 연필로 콕콕 찌르거나 놀리기도 하면서. 참을 수 없어진 너는 하는 수 없이 선생님에게 일렀지. 너를 괴롭힌다고 생각한 선생님은 우진이를 너에게서 2m 이상 떨어져 있도록 조치하셨어. 그리고 반 아이들에게는 그 조치가 잘 지켜지는지 늘 지켜보라는 지시를 하셨고 말이야. 감시자가 된 친구들은 쉬는 시간이 되면 우진이를 주시하며 선생님이 맡긴 임무에 다들 충실함을 보여 줬지.

어쩌면 우진이도 너처럼 서툴렀던 건지도 몰라. 친해지고 싶은데 어떻게 해야 친해질 수 있는 건지 잘 몰랐던 거야. 자신의 방법이 틀렸다는 걸 금방 깨달았는지, 아니면 친구를 괴롭히는 아이로 오해를 받는 게 싫어서였는지 우진이는 학교가 끝나고 나면 너에게 항상 사과의 전화를 했어. 처음에는 안 받아 주려고 했지만 우진이의 진심을 알고 너도 친구의 사과를 받아들였지.

서투르게 너에게 다가왔지만 우진이는 그렇게 너와 친구가 되었어. 등교할 때 너와 함께하고 너를 늘 챙겨 주는 친구. 집에 컴퓨터가 고장 나면 집에 와서 봐주기도 하고 저녁때마다 채팅으로 대화하는 친구. 가끔 말다툼을 해도 또 금방 웃으며 풀어지는 친구. 생각해 보면 너에게도 그런 친구가 있었던 거야. 이젠 졸업식

사진에만 겨우 남은 우정이 되었지만 말이야.

'중학교에 가면 또 어떤 친구들을 만나게 될까.'

초등학교 졸업식 날, 그래도 너에겐 중학교에 간다는 기대가 있었어. 중학생이 되면 뭔가 달라질 거라는 기대 때문이었을까. 연습했던 졸업식 노래를 너는 조금의 서운함도 없이 덤덤히 부를 수 있었어. 졸업식을 마치고는 운동장에 나가서 병진이와 윤원이, 그리고 우진이와 사진을 찍었지. 그 사진이 아마 너에게 유일하게 남은 친구들과의 사진일 거야. 사진 속에 남은 그 친구들과 계속 우정을 이어 갔더라면 그 시절 기념 사진첩마다 커 가는 너희들의 모습이 담길 수 있었을 텐데.

14세, 중학교 입학식을 앞두고 너는 엄마와 함께 미리 학교에 갔어. 반 배정을 받기 전에 교무부장 선생님을 만나 상담을 받기 위해서였지. 교무실에 들어서자 선생님은 네 손을 잡고 환영해 주셨고 초등학교 시절의 친구 관계 등 너에 대한 여러 가지를 물으셨어. 네 얘기를 다 듣고 난 선생님은 너에게 특수반에서 수업받기를 제안하셨어. 단, 매일 특수반에서 지내는 게 아니라 6교시 중에 두 시간만 특수반에 가 있고 나머지는 교실에서 친구들과 수업받는 것도 나쁘지 않다고 말이야.

"저는 몸이 조금 불편할 뿐인데 왜 특수반에 가야 하는지 모르겠어요. 무엇보다도 저는 반 친구들과 함께 친하게 지내고 싶어요."

중학교 친구들과

중학교 졸업

다행히 선생님은 네 의사를 받아들여 주셨어. 선생님은 왜 네가 특수학급에 가야 한다고 생각하신 걸까. 걸음이 느리긴 하지만 넌 충분히 다른 친구들과 학교생활을 감당할 수 있고 말이 느리다고 해서 생각이 느린 것도 아닌데 말이야.

반 친구들과 친하게 지내고 싶다고 선생님께 당당히 말하던 그 순간에는 너도 어쩌면 앞으로 중학교에선 친구도 많이 사귀고 잘 지낼 수 있을 것 같은 자신감이 있었을 거야. 그래서인지 병진이, 윤원이, 우진이 세 친구의 학교 배정이 정말 궁금했어. 창동중 아니면 노곡중일 텐데 셋 다 창동중이길 바랐지.

정말 놀랍게도 그 바람이 이루어져서 너와 친구들 모두 창동중에 배정되었어. 새로운 학교에서도 그 친구들을 다시 만날 수 있다는 것이 너무도 기뻤지. 세 친구가 모두 너와 같은 중학교에 배정되었다는 건 어쩌면 네가 최후까지 놓치지 말아야 할 가장 좋은 기회였을지도 몰라. 그런데 그만 넌 그 기회를 놓쳐 버렸어.


좋은 친구들을 많이 사귈 거라던 다짐과 달리 중학교 3학년 내내 넌 혼자였어. 친구 한 명 없는 중3, 그냥 학교에서 공부만 열심히 하자고 스스로 다독였지.

'공부? 뒤질나게 못해도 하자!'

공부해야 한다는 명분으로 친구 하나 없는 서글픈 현실을 억지로 외면했어. 아니, 어쩌면 친구 하나 만들지 못하는 자기 자신을 아프도록 인정한 건지도 몰라. 차라리 그렇게 인정하고 나니 밤새도록 우는 것도 서서히 줄어 갔지. 교실에서 아무도 안 보이는 유령처럼 혼자 떠돌다가 집에 가면 밤마다 눈물로 이불을 적시던 날이 사실 많았거든.

'친구? 그게 뭐? 친구가 꼭 필요해?'

친구 따위 열망하지 않기로 했더니 넌 이제 유령이 아니라 인형이 되어 버린 느낌이었어. 그저 멍하게 앉아 수업을 듣다가 쉬는 시간이 되면 바로 책상에 엎드려 잠을 잤지. 너는 그렇게 누군가 다가올 수 있는 길조차 끊어 버린 거야. 그럴수록 너는 네가 싫었어. 바보 같고 재미없고 웃음기 하나 없는 인형 같았어. 그저 시간이 빠르게 흘러갔으면 좋겠다는 생각만 들었어.

그런데 웃긴 건 뭔 줄 알아? 애처롭게도 너는 또 희망을 가져 버린 거야. 고등학교 친구가 진짜 친구란 말. 그러니까 고등학생이 되면 정말 진정한 친구를 만날 수 있을 거라고. 그러니까 아직은 괜찮다고. 부질없는 기대에 다시 한 번 너를 맡겨 보기로 한 거야.

중학교 졸업식에서 너는 교육청이 주관하는 표창장을 받았어. 교장 선생님은 항상 성실하고 학교생활 열심히 했다며 칭찬해 주셨지. 그 상마저 없었다면 너는 대체 그 따분한 졸업식을 어떻게 견딜 수 있었을까. 친구 하나 없는 졸업식을 말이야.

"가서 친구들이랑 같이 사진 찍어."

엄마는 네게 그렇게 말했지만 네 곁에서 사진을 찍은 건 끝내 너

고등학교 수학여행

희 가족과 작은 아빠, 그리고 삼촌뿐이었어. 친구들과 어울리느라 가족에겐 눈 맞출 틈도 없이 왁자지껄한 졸업식을 보내는 친구들은 얼마나 좋을까. 그 친구들은 자기들이 얼마나 행복한 사람인지 알고 있을까. 2월의 하늘 위로 말갛게 부서지는 친구들의 웃음을 보며 '엄마, 미안해.' 입 밖에 내놓을 수 없는 말을 속으로만 삼켰어.

고등학교 입학식에서 너는 윤원이를 봤어. 윤원이와 같은 반이 되었다는 사실에 속으로는 뛸 듯이 기뻐하면서도 역시나 너는 윤원이에게 한마디도 말을 걸지 못했어.

'바보… 이 바보야!'

다가가 말을 걸고 싶으면서도 속으로만 수없이 건넬 말을 고르고 고르다가 기회를 놓쳐 버리는 너 자신이 너는 밉고 또 미웠어.

윤원이에게 단 한마디도 건네지 못한 채 그렇게 또 3년이 가 버렸지. 또 쓸쓸한 졸업. 너는 여느 졸업식 때처럼 가족들이랑만 사진을 찍고 집에 와서 피자를 먹었어. 피자가 그렇게 쓸쓸한 음식이었는지 그때 처음 알았어. 다시 오지 않을 날들을 그렇게 보내 버린 아쉬움과 후회가 가슴 밑바닥에서부터 통증을 불러왔지만 누구에게도 보여 줄 수 없는 혼자만의 아픔이었어.

그때 그 친구들은 지금 어디서 무엇을 하고 살까. 친구가 될 기회, 우정을 쌓을 기회는 네가 놓쳐 버린 거야!

## 짝사랑 전문가

...

넌 참 묘한 녀석이야. 친구가 없는 외로움을 짝사랑의 설렘으로 버텼거든. 네 짝사랑의 기억은 열한 살 때로 거슬러 올라가지. 넌 아직도 선명하게 기억하고 있을 거야. 3분단 셋째 줄, 긴 생머리에 새하얀 피부, 동그란 눈에 안경을 썼던 그 여자아이 예지를. 쉬는 시간 종이 울리기가 무섭게 네 고개는 3분단 셋째 줄을 향해 돌아갔지. 그러고는 멍하니 그 애를 바라보기만 했지. 세상에 어떻게 그렇게 예쁘게 생긴 생명체가 존재하는지. 그 경이로운 존재를 너는 온 눈에 담을 듯이 보고 또 바라보았지.

특히 체육 시간에 예지는 얼마나 예뻤는지. 그 애가 뛸 때마다 찰랑이는 머리카락을 너는 아직도 기억해. 핑크빛으로 상기된 뺨, 새하얀 이마에 이슬처럼 맺힌 땀방울까지 그 어느 것도 예쁘지 않은 게 없었어. 공이 날아온 줄도 모르고 넋 놓고 바라만 보다가 공에 얻어맞은 적도 많았어. 수업이 끝나면 예지를 조용히 뒤따라가기도 했어. 사는 집 방향이 전혀 다른 데도 그 애가 집까지 들어가는 걸 보고 나서야 집으로 돌아오곤 했어. 그 애 생각을 하노라면 집으로 혼자 돌아오는 길도 쓸쓸하지 않았어. 그뿐이야? 그 애 생각에 가끔씩 웃음도 났지. 밥 먹다가도 웃고, 씻다가도 웃고. 너의 모든 순간에 그 애가 있었어. 그런데도 넌 예지에게 고백은커녕 말 한마디도 걸어 보지 못했어. 안녕이란 인사 밖에는 그 애 앞에 서면 너는 마치 말하지 못하는 아이처럼 되어 버리고 말았어.

한번은 짝사랑하던 여자애에게 생애 처음으로 고백이란 걸 해본 적도 있긴 하지. 다솜이란 여자애였어. 중1 때, 언제나 그렇듯 넌 혼자였어. 쉬는 시간이 되면, 친구들은 저마다 모여서 얘기하고 노는데 넌 그저 혼자 앉아서 교과서를 읽었어. 그만큼 공부를 열심히 했냐구? 아니야, 그저 넌 속으로 친구들과 어울리고 싶은 마음을 억누르려고 책 읽는 척만 하고 있었던 거야. 얼마나 앉아 있는 시간이 많았는지 엉덩이가 아플 지경이었지. 종일 학교에서 엉덩이가 아프도록 혼자 앉아 있다 집에 돌아갈 때는 늘 우울했어. 그나마 웃을 수 있었던 건 한 여자애 때문이었지. 그 애가 바로 다솜이야. 연필 한 다스와 편지를 써서 건넸지만, 그 애가 그 자리에서 울어 버린 이후로는 너는 고백 같은 건 하지 않고 앞으로 짝사랑만 하겠다고 다짐했었어. 그저 그 애를 바라볼 수 있는 것만으로도 충분하다고 생각했지.

어느 날, 다음 날이 다솜이 생일이란 말을 듣고 생일선물로 뭘

사 줄지 고민하다가 샤프와 샤프심을 샀어. 다솜이 생일날, 학교에 일찍 간 너는 다솜이 책상 서랍에 몰래 선물을 넣어 두었어. 직접 선물을 주기가 쑥스러웠던 거지.

담임의 조회가 끝나고 다솜이가 책상에 손을 넣었는데 부스럭 소리가 났던 모양이야. 이내 책상 밑에 선물이 들어 있는 걸 보고는 놀란 것 같았어.

"저기… 선물… 내가 줬어."

2교시가 끝나고 너는 다솜이에게 가서 슬쩍 알려 줬어.

"그, 그래, 고마워…."

조금 놀랐지만 고맙다는 다솜이 말에 너는 내심 흐뭇했지. 그 이후부터 다솜이를 계속 힐끔거렸고 다솜이와 눈이 마주치면 쑥스러워 고개를 돌리곤 했어. 매일 그랬던 탓일까? 빼빼로데이에, 다솜이에게 빼빼로를 줬는데 선물 받던 그 표정이 어쩐지 좀 이상했어. 굳은 표정으로 고맙다는 말을 하고는 바로 친구들에게로 돌아서 버렸거든. 내 딴엔 좋아한다는 표현이었는데 다솜이는 오해를 했던 모양이야. 네가 다솜이를 싫어한다고. 어떻게 그럴 수가 있는 거지? 어떻게 호의를 오히려 적의로 받아들일 수가 있는 거냐구. 너는 도무지 이해할 수가 없었어. 그게 아니었는데… 짝사랑만이 너의 유일한 위안이고 기쁨이었는데 좋아하는 마음마저 제대로 전달되지 않는 상황이 너의 장애 때문이라고 생각했어. 세상이 모두 재미없고 쓸쓸했어.

## 사랑해요, 선생님

...

    반 배정고사를 치르고 막 고등학교 생활이 시작될 무렵이었어. 매 수업 시간에 처음 대면하는 각 과목의 선생님을 만날 때마다 뭔가 조심스럽고 어려웠어. 중학교 때보다는 근엄하고 포스가 다르다는 생각이 들었나 봐. 그런 중에 젊은 여선생님 두 분의 수업 시간엔 왠지 좀 더 집중이 잘 됐어. 글쎄, 남자 선생님들보다 목소리나 여러 가지 면에서 좀 더 편안하게 느껴진 건가? 그중에 생물 선생님은 너에겐 더 특별하게 여겨졌지. 필기하기 힘든 너를 위해 칠판에 있는 내용을 책에 적어 주시는 자상하고 따뜻한 분이셨거든. 고맙기도 하고 설레기도 하는 생물 선생님 때문에 넌 매주 수요일 생물 시간이 기다려졌고 꼭 그 시간이 아니더라도 옆 반 생물 시간까지 기억했다가 끝나면 기다렸다가 다가가 인사를 했어. 누구에게나 영화 같은 추억이 한 가지씩은 있을 거야. 너에게는 생물 선생님과의 추억이 아마도 그럴 거야.

    어느 날 방학이 끝나고 학교 축제가 있던 날이었어. 언제나 그

고등학교 친구들과

렇듯 넌 그날도 혼자였어. 혼자서 농구 경기를 구경하고 영화도 보고 점심시간에 도와주는 친구가 와서 밥을 먹고… 즐기라고 있는 날에도 혼자라는 사실을 더더욱 뼈가 시리도록 느껴야만 하다니 더 우울한 기분이었지. 다른 친구들은 선배님들과 어울려 이야기를 나누며 웃고 즐거워하는데 너만 혼자 벤치에 앉아 파전을 먹고 아이스크림을 먹었지. 어쩐지 더 허기지는 느낌이었어.

그래도 축제니까 끝까지 놀고 싶어서 대강당에서 하는 밴드 공연과 비보이 공연 등을 보러 갔지. 학생들 함성을 따라 너도 마음껏 소리도 질러 보았어. 스트레스가 쌓인 만큼 더 크게 더 세게. 다행히 스트레스가 조금 풀리는 것도 같았지. 외로움도 잠시 잊히는 것 같았어. 그때였어. 어디선가 나타난 생물 선생님이 함께 즐기자며 너와 함께 소리를 질렀어. 혼자였던 네 옆에 누군가 함께 있다는 것, 무엇보다 옆에 있는 사람이 좋아하는 생물 선생님이라는 것이 네 가슴을 부풀게 했어.

"쉘 위 댄스?"

마지막으로 남아 있는 순서는 '쉘 위 댄스'. 선생님이 일어서서 너에게 손을 건넸고 너는 너무도 수줍었지만 그 손을 잡았지. 마치 드라마의 한 장면처럼 황홀한 순간이었어. 멋진 춤은 아니지만 그래도 선생님의 손을 잡고 발을 앞으로 한 발짝 뒤로 한 발짝 디뎌 가며 춤을 추면서 너는 너무나 행복했어. 마치 그 순간을 다음 생에도 행복한 추억으로 기억할 수 있을 것 같았지. 처음으로 너에게 아름답게 각인된 학창 시절의 기억이야.

네가 사랑했던 또 한 선생님은 고3 때 새로 온 선생님이었지. 고3, 인생 최후의 목적이 수능이고 대학 입학인 것처럼 수능에만 온 신경이 집중되는 시기. 너도 그랬어. 내신 성적이 별로 안 좋았기 때문에 특히 1년 동안 최대한 수능 성적을 올리기 위해 열심히 공부해야 한다고 마음먹었어.

고3 개학식을 시작하기 전, 네가 강당에 미리 가 앉아 있을 때였어.

"개학식 잘해."

한 낯선 여선생님이 너에게 다정하게 인사를 건넸어. 새로 오신 선생님이 틀림없다고 너는 금방 짐작할 수 있었지.

개학식 날 잠깐의 그 만남을 잊고 공부에만 전념하다가 한 달 뒤 그 선생님을 우연히 다시 만났어. 그 후로 여러 번 마주치며 인사를 나눴는데 그럴 때마다 어떤 선생님일까 계속 궁금하고 신경이 쓰였어. 그래서 교무실을 이곳저곳 다니면서 그 선생님을 찾았지. 그러다 전혀 생각지도 못한 의외의 장소에서 그 선생님을 찾았는데 바로 학생부였어.

'저렇게 청순하게 생기신 분이 어떻게 학생부에 계시지?'

그 의외성에 선생님이 더 매력 있게 느껴졌던 거야. 과목은 담임 선생님과 똑같은 윤리. 어쩐지 그것도 무척 맘에 들었어. 윤리적이잖아!

야자까지 신청하고 밤늦게까지 강의를 들으며 너는 공부에 몰두했어. 자기들끼리 속닥대는 친구들 소리가 부러울 때도 있었지만 안 들리는 척 혼자 이겨 내려고 노력했어. 그런 마음을 이기려고 버티고 있다는 사실이 조금 불행한 느낌이었어. 한 달 남짓 굳건히 버티고 열심히 한다고 했는데 결국 너는 극심한 슬럼프에 빠지고 말았지. 평소에 성적이 별로 안 좋았으니 슬럼프에 빠졌다고 말하기도 뭣 하지만 부쩍 수업에 집중하지 못했고 문제도 잘 풀 수가 없었어. 담임 선생님께 도움을 요청했지만 좀처럼 해결되지 않았지.

'대체 뭐가 문제일까? 왜 그럴까? 지금까지 잘 견뎌 왔는데… 난 지금 누구에게 위로받아야 해. 혼자 견디기 힘들다.'

내면 깊숙이에서 들려오는 비상 신호를 다행히도 넌 귀담아들었어. 결국 학교 수업이 끝나고 학생부로 가서 그 선생님께 도움을 청했지.

"저기… 선생님, 저기… 잠시만 얘기할 수 있을까요?"

선생님은 흔쾌히 받아 주셨고 너는 그간 힘들고 지쳤던 마음을 선생님께 털어놓았어. 선생님은 그 마음을 잘 안다고 공감해 주시며 너를 위로해 주셨지. 누군가에게 마음을 털어놓을 수 있다는 것만으로도 마음이 훨씬 편안해지는 기분이었어.

"저기… 선생님… 실례인 줄 알지만 일주일에 한 번은 이렇게 만나서 얘기하면 안 될까요?"

부끄러움을 무릅쓰고 너도 그렇게 누군가에게 손 내밀 수 있었다니. 그만큼 네 얘기를 들어줄 말동무가 간절했기 때문일 거야. 선생님은 기꺼이 허락하셨고 매주 화요일마다 벤치에서 한 주 동안 있었던 얘기들을 나누기로 했어.

　선생님들께는 학교를 졸업하고 나서도 가끔 힘들 때 전화를 드리고 위로를 받았어. 힘들었던 학교생활에 그 선생님들이 안 계셨다면 너는 그 시간을 어떻게 버틸 수 있었을까.

## 소심하거나 과감하거나

...

열두 살 무렵이었을 거야. 학교에서 수학경시대회가 있었지. 수학경시대회를 앞두고 넌 정말 열심히 공부했어. 이전 수학경시대회에서 48점을 맞은 것 때문에 엄마한테 맞을 정도로 많이 혼이 났었거든.

'제발… 이번에는 60점을 꼭 넘어서 엄마한테 칭찬을 받아야 하는데.'

수학을 잘하고 싶어서가 아니라 엄마에게 혼나지 않으려고 수학 공부에 매진했어.

드디어 수학경시대회 시험. 선생님이 시험지를 나눠 주시는 동안의 그 긴장감이란. 처음 시험지를 받아 들고서는 별로 감이 오지 않았어. 문제가 어려운 건지 쉬운 건지. 그저 한 문제 한 문제 허들을 넘듯 시험문제를 풀었지. 그런데 문제를 풀면 풀수록 문제가 어려워지는 거야. 시간은 또 왜 그렇게 빨리 가는지. 쉬운 문제부터 풀고 나중에 어려운 문제를 풀려고 했는데… 결국 뒷부분

문제 절반을 풀지 못한 채 시험이 끝나 버리고. 또 시험을 망쳤다는 자책감에 그만 책상에 엎드려 버렸어.

2주 뒤, 시험 점수가 예상보다 빨리 나왔어.

'왜 이렇게 빨리 나오지? 이러면 안 되는데….'

엄마한테 혼나야 하는 시간을 미룰 수 있는 한 미루고 싶었는데 더 이상은 미룰 수도 없는 상황이 오고야 말았지. 시험지를 받아들자 곧 마음이 무너져 내렸어. 전해보다 무려 8점이 더 떨어진 상황.

'이건 뭐 점수라고 할 수도 없겠다. 한 번호만 찍어도 이것보다 더 나았으려나?'

학교가 끝나고 엄마 차를 타고 학원으로 가는 길. 너는 엄마가 혹시라도 수학 성적을 물어볼까 봐 짐짓 눈을 꼭 감고 자는 척을 했어. 그런데 올 것이 오고야 말았지.

"지성아, 수학 성적 나왔지? 좀 이따 학원에 가서 확인해 보자."

엄마의 낮고도 덤덤한 선전포고가 너는 너무나 두려웠어. 결국 학원에 도착하자마자 학원으로 올라가지 않고 엄마 몰래 줄행랑을 쳤지. 그런데 거기서 도망쳐 봐야 뭐 얼마나 멀리 도망칠 수가 있겠어. 숨을 곳을 한참 찾아 헤매다 마땅히 숨을 곳이 없어 결국 주차장에 있는 차 뒤에 숨었지. 2시간 뒤, 여기저기서 너를 찾는 목소리가 들렸어. 그 목소리들이 커질수록 너는 더 몸을 더 움츠렸어. 그렇게 한 30분이 더 흘렀을까? 저기 네 앞에 걸어오는

가족사진

아빠의 모습이 보였어.

"아…빠!"

반가움인지 설움인지 두려움인지 너도 모르게 너는 아빠를 부르며 울먹였어. 그때서야 너를 발견한 아빠는 어디에 있었냐고 꾸중을 하시고는 네 손을 잡고 학원으로 갔지. 너는 울면서 아빠 손에 이끌려 갔어. 아마 수학 성적은 수학 성적대로 혼이 나고 몰래 숨어서 사람들 걱정시킨 것까지 더해서 더 많이 혼이 났을 거야.

결국은 그렇게 혼이 날 거라는 걸 알면서도 너는 왜 그렇게 매 순간 도망을 쳤을까. 뭐든 직면하지 않으면 아무리 도망쳐도 결국 먼 길을 돌아 다시 그 자리일 텐데.

넌 아주 모순적인 녀석이야. 때로는 소심하고 주눅 들어 도망치다가도 또 어떨 때는 아주 과감하지. 과감히 너를 드러내고 사람들의 관심과 시선을 받는 것을 좋아해. 중학교 1학년 첫 학기에 넌 과감히 반장 선거에 도전했어. 학기가 시작된 지 얼마 되지 않아서 다들 서먹하고 조용한 시기. 그런 상황에서 평상시대로라면 넌 누구보다 움츠려 있을 텐데 아주 의외의 모습을 보인 거야.

곧 반장 선거가 있을 거란 친구들의 속닥임을 듣고 처음엔 조금 망설였어. 초등학교 4학년 부회장 선거에서 10표 차로 떨어진 적이 있는데 그때 너를 비웃던 친구가 생각났기 때문이야. 마치 '네가 되겠어?' 하는 듯 비아냥대는 표정이었지. 한참 고민했지만 결국 넌 선거에 출마하기로 했어. 반대표가 된다는 것보다는 학급을 위해 도움이 되는 사람이 되고 싶었거든.

결과는 극적인 1표 차이로 부회장이 됐어. 정말 생각지도 못한 의외의 결과였지.

"차렷! 열중 쉬엇! 차렷! 선생님께 인사."

부회장이 되고 난 후 매 교시가 끝나는 종이 울리면 너는 일어서서 선생님께 인사를 했어. 너는 그 순간이 정말 좋았어. 잠깐이지만 선생님과 친구들 모두가 너에게 집중하는 시간. 그 순간 모두가 너의 말을 듣고 있다는 쾌감을 느꼈지. 수행 과제가 있을 때 노트를 걷고 수업 시간에 떠드는 친구들의 이름을 노트 맨 뒷장에 적어서 종례 시간에 선생님께 제출하고… 반을 위해 앞장서서 무언가를 하고 있다는 그 느낌이 네게 활기를 주었어.

너의 의외의 모습은 그뿐만이 아니었어. 중간고사가 끝나고 수련회를 갔을 때였어. 장기 자랑 시간엔 늘 다른 친구들 장기자랑 하는 것만 바라보곤 했는데 그때 너는 또 과감한 선택을한 거야. 수련회 장기 자랑에 나가기로 했지. 장기 자랑을 미리준비한 것도 아니야. 불과 장기 자랑 1시간 전에 번뜩 그런 생각이 들었어.

'친구들에게 장애를 가진 내 이야기를 들려주면 어떨까?'

하는 생각 말이야. 속으로 그렇게 생각했더라도 웬만해선 생각을 바로 행동으로 옮기는 네가 아니잖아? 그런데 웬일인지 그날

만은 좀 달랐어. 도와주던 친구에게 맨 마지막에 네 순서를 넣어 달라고 과감히 부탁을 했지. 장기 자랑이 진행되는 동안 네 순서를 기다리며 두근두근했지.

드디어 각 반의 장기 자랑이 끝나고 조교님이 네 이름을 불렀어. 친구들은 모두 어리둥절한 표정으로 너를 쳐다보았고 너는 긴장한 채로 무대 위에 올랐어. 전교생의 시선이 일제히 너를 향했어. 뭔가 짜릿했지. 그때 네가 무대 위에서 어떤 이야기를 했는지 자세히는 기억이 나지 않아. 아마 네 소개를 시작으로 너의 어릴 적 이야기와 사춘기 시절의 이야기를 했던 것 같아. 그동안 네가 친구들에게 하고 싶었던 너의 이야기들을 말이야. 너무나 간절히 친구를 그리워했던 순간들과 장애 때문에 다가서지 못했던, 감춰 두었던 너의 진심 같은 것.

그런데 정말 놀라운 일이 일어났어. 네 얘기를 듣고 있던 친구들이 여기저기서 울기 시작했어. 말하고 있는 네 귓가에까지 들릴 만큼 큰 울음소리였어. 울음이 그렇게 전염력이 엄청난 건지 그때 처음 알았어. 이내 너도 울고 조교님도 선생님도 다 울었지.

"안녕, 감동적이었어, 힘내!"

다음 날 아침, 아침 식사를 하는데 몇몇 여자애들이 너에게 와서 다정한 인사를 건넸어. 몸 둘 바를 모르게 부끄럽기도 했지만 속으로 너무 기분 좋았어.

'사람들에게 주목받는 스타는 참 행복하겠구나.'

생각지도 못한 친구들의 반응에 그런 생각도 잠깐 들었지.

장기 자랑에서 네 얘기를 들은 후부터 어떤 친구들은 학교에서 너를 만나면 먼저 다가와 인사해 주었어. 고마웠어. 그런데 거기까지였어. 너는 그 친구들에게 더 이상 다가가지 못했지. 친구들과 얘기를 나누고 장난도 치며 놀고 싶었지만 그저 마음뿐이었어. 먼저 다가갈 용기가 없었지. 다가가 네가 느리게 말을 하는 순간 모든 것이 다 날아가 버릴 것만 같았어. 용기 없는 너 자신을 확인할 때마다 너는 점점 더 네가 싫어지기만 했어.

## 배우가 되고 싶어

...

학창 시절 너의 유일한 친구는 라디오였지. 깊은 밤, 불을 끈 채 라디오에서 흘러나오는 목소리에 귀를 기울이고 있으면 마음이 평안해졌어. 너에게만 속삭여 주는 친구 같았지.

그때 주로 네가 애청하던 방송은 〈데니 안의 키스더라디오〉. 밤 10시에서 12시까지 들려오는 그 감미로운 목소리를 참 좋아했어. 특히 광고가 끝나고 11시 48분 무렵부터 나오는 사연들을 너는 가장 기다렸어. 주로 연인들의 이야기나 짝사랑 사연이었는데 잔잔한 음악과 함께 듣고 있으면 마치 누군가 네 마음을 감싸 주는 것처럼 포근하고 위로받는 기분이 들었거든. 그도 그럴 것이 너는 자타공인 짝사랑 전문가잖아!

DJ의 목소리를 들으면서 넌 꿈을 꾸었어. 대중들과 소통하는 라디오 DJ가 되겠다는 꿈. 그 꿈을 갖게 된 날부터 넌 연필을 입에 물고 발음 연습을 시작했어. 그런데 조금도 나아지지 않고 늘 제자리인 것만 같았지.

"엄마, 나 친구가 없어, 그래서 놀지도 못한다. 매일 이렇게 살아야 해, 이렇게 살아야 한다고, 엄마."

짝사랑하던 아이에게 마음을 다친 날, 넌 힘없이 집에 돌아와 엄마에게 이렇게 소리쳐 버렸어. 그때 엄마는 방에서 컴퓨터로 게임을 하고 있었어. 아들은 외롭고 힘들어 죽을 것만 같은데 엄마는 마치 아무런 상관이 없는 사람처럼 게임을 하고 있다고 생각하니 그것조차 다 못마땅했지. 결국 다 엄마 들으라고 엄마 속상하라고 퍼부은 원망이었던 거야.

어느 날, 너는 깨달았어. DJ는 방송인이 되어야 할 수 있겠다고. 좋아하던 데니 안도 가수였잖아? 그러니까 방송 DJ를 맡을 수 있었던 거야. 그렇게 생각하니 꿈을 수정해야 했어. 가수, 연기자, 개그맨 중에 하나를 선택해야겠다고.

"가수는 목소리가 저음이어서 자신이 없고 개그맨과 연기자 중에서 결정해야 할 텐데…?"

너는 개그맨이 되어야겠다고 생각했어. 사람들을 웃길 수 있고 그동안 회장 선거에 나갔던 두 번의 무대 경험이 있어서 용기가 생겼지. 그래서 제일 먼저 막내 이모에게 개그맨이 되겠다고 선포했어. 그때 너를 어처구니없는 표정으로 바라보던 이모의 표정을 아직도 기억해.

학교에서 늘 혼자인 스트레스가 쌓여 갈수록 너는 네 꿈에 집착하게 됐어. 뭘 먹어도 무슨 맛인지도 모르겠고 배부른지도 느끼지 못하는 극도의 스트레스가 너를 괴롭혔어.

'참자… 참자…'

네 안에 쌓이는 스트레스를 억누르는 동안 너의 유일한 출구는 어쩌면 TV였는지도 몰라.

어느 날, 평소처럼 TV를 보고 있는데 문득 연기자들이 연기하는 모습이 너무 부럽게 느껴졌어. 너는 누군가에게 한마디도 하지 못하는데 그들은 마음껏 즐겁게 말하고 표현하는 것처럼 보였거든. 행복해 보였어. 너도 그렇게 사람들에게 너를 표현하고 말하고 싶었어. 그들처럼 말하고 표현하는 모든 순간 사람들에게 관심 받고 집중 받고 싶었어. 그래, 연기자가 되고 싶었던 거야.

그 당시 배우 주원과 문채원이 나오는 KBS의 〈굿닥터〉와 박신양과 김아중이 나오는 SBS 〈사인〉 등의 드라마를 좋아했어. 그런 드라마들과 영화 〈태극기 휘날리며〉를 보면서 너도 배우가 되어야겠다고 생각했지. 연기를 통해 사람들과 소통하고 대화하고 싶었어. 배우가 되지 않으면 평생을 그렇게 혼자서 외롭게 살아야만 할 것 같았어. 어쩌면 그런 두려움이 더욱 너를 배우의 꿈을 꾸도록 밀어붙인 건지도 몰라. DJ, 개그맨, 그동안 네가 꿈꾸었던 모든 것은 사실 다 같은 거였어. 대중들에게 말하고 소통하는 존재. 바로 그런 존재에 대한 다른 이름이었을 뿐이지.

'그래, 배우가 되자!'

너의 지독한 외로움에서 시작된 작은 씨앗. 비로소 너는 진짜로 꿈꾸기 시작했어!

## 안전한 선택

...

고3 여름방학이 끝나니 수능일이 코앞으로 다가오고 있었지. 너는 일단 꿈이고 뭐고 오직 수능 점수를 올리는 데만 집중하고 있었어. 총정리라 생각하고 오직 문제 푸는 데만 열중했지. 오직 대학만이 목표였어. 연기자가 되고 싶다고 생각했지만 꿈에 대한 자신감도 없었고 무엇보다 부모님을 설득할 자신은 더욱 없었어. 그래서 부모님 주장대로 평범한 직장인으로 사는 데 도움이 될 수 있는 무난한 학과에 지원을 했어. 1지망은 사회복지학과였고 2지망은 경영학과. 어쩌면 참 너다운 선택이었을지도 몰라. 소심한 자의 비겁한 선택!

수능 시험 보는 날. 엄마는 새벽부터 분주하게 네가 좋아하는 햄과 계란말이 도시락을 싸 주셨지. 지하철을 타고 학교에 도착해 일생일대의 목표를 향해 열심히 시험문제를 풀었어. 비장애인보다 1시간이 더 주어지는 시험. 사회탐구영역까지 다 풀고 나니 시간은 거의 저녁 8시를 향해 가고 있었어. 정말 지칠 대로 지쳤지. 일생일대의 어떤 격렬한 퍼포먼스를 끝낸 기분이었어. 홀가분해야 하는데 별로 홀가분하지 않았어. 수능시험을 끝낸 친구들은 수능이 끝난 갖가지 이벤트들을 즐기며 그간의 스트레스를 풀었지만 너에겐 그저 넘어야 할 관문을 하나 지난 것 같은 허무만이 남았을 뿐. 아무 일도 일어나지 않았어.

결국 너는 방송통신대학교 경영학과에 합격했지. 다른 대학은 캠퍼스가 넓어서 네 걸음으로는 이동이 어렵고, 어차피 네가 원하는 전공을 할 수 없을 바에야 어느 대학이든 상관없다고 생각했어. 그래서 방송통신대학교 경영학과를 선택했지.

졸업식엔 담임 선생님이 축하와 함께 앞으로 열심히 학교생활하라는 격려를 해 주셨어. 마지막까지 쓸쓸한 졸업식으로 너의 고교 시절도 그렇게 끝이 났지.

용기도 패기도 필요하지 않았던 안전한 선택. 그 안전한 선택이 과연 행복한 인생을 보장해 줄 수 있는 거였나. 너에겐 결국 안전과 행복에 대한 또 다른 정의가 필요했던 거야.

## 어떤 처음

...

살면서 어떤 '처음' 들은 생각의 틀을 바꾸기도 하고 삶의 경로를 바꾸기도 하지. 때로는 그 처음이 너무 미미해서 변화의 시작을 미처 눈치채지도 못하고 지나쳐 버릴 때도 있어. 그런 어떤 처음을 기억해 보려고 해.

고1 여름방학 때 엄마가 너에게 어떤 행사의 팸플릿을 주시며 거기에 참여해 보라고 권하셨어. '장애인 리더대회'라고 씌어 있었지. 어떤 취지의 행사인지는 잘 몰랐지만 3박 4일 동안 비장애인과 함께하는 행사라고 해서 한번 참여해 보기로 했어.

신청한 지 일주일 후, 낯선 번호로 전화가 왔어. 리더대회 참가하는 학생인데 같이 가자는 연락이었지. 낯선 사람에게 처음 받아 보는 전화였는데 그것도 첫 경험이라면 첫 경험이겠지? 게다가 누군가에게 어딜 같이 가자는 제안을 받아 보는 것 또한 처음이었어.

얼마 후 그 낯선 파트너와 창동역에서 처음 만나 모임 장소로 함께 갔지. 어느 호텔이었는데 가지각색의 풍선과 티셔츠를 입은 사람들로 어수선했지만 활기찼어. 너는 생전 처음 보는 광경에 눈이 휘둥그레해졌지. 파트너와 함께 행사 티셔츠를 갈아입고 개회식에 참석했는데 그렇게 많은 장애인을 본 건 그때가 처음이었어. 장애인의 자립에 대한 이야기도 그때 처음 들었지. 세상엔 너 말고도 그렇게 많은 장애인이 어딘가에 살고 있다는 것, 그리고 당당히 자립을 부르짖는다는 것이 신선한 충격이었어.

숙소에서 짐을 푸는데 같은 방을 쓰게 될 장애인 한 분과 비장애인 두 분이 들어왔어. 그중 한 사람은 너보다 한 30cm 정도 키가 작은 형이었는데 너와는 또 다른 장애를 가진 사람을 보는 게 좀 생소하게 느껴졌지. 너도 다른 사람들처럼 너와 다른 사람에 대해서는 생소한 시선을 가지고 있었다는 당연한 깨달음과 함께.

저녁 식사 후 게임을 하는데 진행을 하던 한 누나를 보고 눈이 번쩍 뜨였어. 마치 뒤에서 후광이 비치는 것 같았지. 역시 넌 짝사랑 전문가!

'이게 TV로만 보던 그런 오라인가? 정말 빛이 나네?'

정말 신기할 정도였어. 눈을 가리고 병에 표시된 눈금만큼 사이다를 마시는 게임을 했는데 네가 가장 근접해서 이겼어. 그 누나와 다른 참가자들 모두 놀라워했지. 그게 바로 짝사랑의 힘인가? 너도 어리둥절할 정도였어.

운 좋게도 너는 그 누나와 한 조가 됐어. 같은 조원들끼리 코엑스에 가서 함께 영화를 보기로 했는데 하필 장르가 공포영화! 좋아하는 누나 앞에서 평생 부끄러울 쪽팔림의 역사를 남기면 안 되는데 일생일대의 위기였지.

'아… 어떡하지… 깜짝 놀라면 안 되는데…'

조마조마한 마음으로 영화관에 들어갔고 하필 그 누나가 네 옆자리에 앉았어. 너는 속으로 무서운 장면에 놀라지 않으려고 무진장 애를 썼어. 다리를 꼬고 이리저리 몸을 뒤척여 보고 아무리 애를 써 봐도 소용이 없었어. 그만 아이처럼 깜짝깜짝 놀라기만 했지. 누나는 그런 너를 다독여 주었고 무서워서 너도 모르게 누나 어깨에 살포시 기대 버리고 말았지. 영화가 끝나고 너는?

'아… 어떡해. 체면 구겼어. 완전 쪽팔려!'

땀이 범벅인 채로 심호흡을 하며 제정신이 돌아왔을 때는 이미 너는 너무 만신창이가 되어 있었어. 세상 민망했지. 하지만 누나는 집중해서 잘 본다며 너에게 미소를 지어 주었어.

'누나의 모성애를 자극한 것이 오히려 잘된 건가?'

창피한 노릇이긴 했지만 그래도 누나의 특별한 관심을 유발했다는 점에서 뜻하지 않은 성공이기도 했어.

밥을 함께 먹고 누나와 쇼핑도 하고 사진도 찍고 정말 즐거운 시간을 보냈어.

"야, 너 누나 좋아해?"

재채기와 짝사랑은 숨길 수가 없다지? 꿀 떨어지는 네 눈에서 벌써 네 마음을 눈치챈 조원 하나가 그렇게 물었어. 갑작스럽게 속을 간파당한 것 같아서 너는 어쩔 줄 몰라 하다가 누나와 시선이 마주쳤어.

"아니… 뭐… 저기…."

새빨개진 얼굴로 얼버무리다가 그 순간 대체 넌 어디서 그런 용기가 난 거냐. 그런 와중에 누나 손을 잡아 버리다니 말이야. 조원들은 모두 깜짝 놀라며 웃음이 터졌고 누나는 수줍어했지.

낯선 이들과의 시간인데도 그 3박 4일이 얼마나 신선하고 즐거웠는지 마지막 날 헤어지고 집으로 돌아갈 때는 심지어 서럽게 울기까지 했어. 울면서 집에 돌아가는 길엔 문득 그런 생각도 들었지. 장애 때문에 창피한 게 아니라 너 자신이 자랑스럽다는 생각. 늘 장애가 있는 너 자신이 창피하고 싶었는데 그날 처음으로 그렇지 않을 수도 있다는 생각이 든 거야. 장애가 창피한 게 아니라 장애를 창피해하는 게 정말 창피한 것이라고. 처음으로 장애와 상관없이 가벼운 마음으로 사람들과 즐거운 시간을 보내는 경험을 했어. 말이 느리다는 것도, 잘 걷지 못한다는 것도 함께한 사람들 속에서 아무런 문제가 되지 않았다는 것을 헤어지고 난 후에야 분명하게 느낄 수 있었어.

장애는 어쩌면 안경 같은 건지도 몰라. 자신이 안경을 쓰고 있다고 의식하면 안경이 한없이 불편하지만, 안경이 한몸처럼 익숙해지면 안경 쓴 모습도 제법 멋스럽게 느껴지잖아? 장애가 있는 네 모습도 어쩌면 그저 안경 쓴 모습처럼 멋있어 보일지도 모른다고. 어쩌면 그때부터였는지도 몰라. 너를 새로운 눈으로 보게 된 것.

## 꿈으로 가는 길

...

'나도 이제 컴퓨터로 고스톱도 칠 수 있고 술도 먹을 수 있구나!'

스무 살이 됐을 때 네게 처음 든 생각은 그랬어. 하지만 그럼 뭐해. 아직 미성년자라서 술도 살 수 없고 성인물 영화도 못 보는데. 술을 먹을 수 있는 어른도 아니고 술을 먹으면 안 되는 어린애도 아니고 아주 어정쩡한 나이가 바로 스물이었지. 어정쩡한 또한 가지. 대학에 합격해도 그다지 좋지 않았다는 것. 오로지 대학을 가기 위해 전력질주해서 드디어 바라던 대학까지 갔는데 하나도 즐겁지 않았어. 늘 마음속에 체기처럼 연기에 대한 갈망이 남아 있었거든. 연기를 잘할지 어떨지 그 어떤 확신도 없으면서도 너는 그냥 연기가 하고 싶었어.

"네가 진짜 하고 싶은 일이 뭔데?"

늘 현실의 욕구불만에 차 있던 네게 알고 지내던 형이 어느 날 그렇게 물었어.

"배우! 형, 나 연기하고 싶어."

꾹꾹 누르다가 어느덧 목까지 차오른 그 말이 툭 튀어나왔어. 그동안 배우가 진짜 하고 싶은 일이었지만 그 누구에게도 말할 수는 없었지. 왜냐하면 다들 '말도 안 되는 소리'라며 네 꿈을 인정해 주지 않을 게 뻔했으니까. 하지만 그 형 역시 너처럼 장애를 갖고 있었기 때문에 네가 솔직하게 털어놔도 너를 비웃지 않을 것 같았지. 당시 극단 '애인'에서 활동하고 있던 그 형은 너에게 극단 '애인'을 소개시켜 줬어. 형의 소개를 받아 극단 '애인'의 인터넷 카페에 처음 들어갔을 때 공연 사진과 분장을 하고 있는 배우들의 사진을 보면서 너무 신기하고 설렜어.

그때 시청역이었지. 극단 애인의 대표님을 만나기로 한 곳이. 초행이었던 너는 역에 내려서 바깥으로 나가는 출구를 찾지 못해 한참을 헤맸어. 끝내 출구를 찾지 못한 너는 대표님에게 전화를 해서 출구의 위치를 물었지. 그랬더니 대표님은 너무도 쉽게 말하는 거야. 주변 사람들에게 물어보라고. 하지만 대표님에겐 너무도 쉬울지 모를 그 일이 너한테는 얼마나 어려운 일인지 대표님은 아마 몰랐을 걸! 남한테 길을 묻는 그 사소한 행동 하나조차도 너에겐 꽤나 용기가 필요한 일이었으니까.

'그냥 알려 주면 되잖아.'

낯선 타인에게 길을 묻는 일이 너한테는 얼마나 어려운 일인데 너무 쉽게 말하는 대표님이 속으로는 무척 언짢기까지 했어. 그래

2012 <장애, 제3의 언어로 말하다> 극단 애인 출연진들과

도 티를 내거나 화를 낼 수는 없잖아? 그래 봤자 너만 쪼잔해질 테니까.

"출구로 가려면 어느 쪽으로 가야 해요?"

이 말 한번 하는 게 뭐 그리 어려운 일이라고 한참을 망설였어. 지나가는 수많은 사람 중에 네게 대답을 잘해 줄 만한 사람을 고르는 것에서부터 할 말을 고르는 것까지 네겐 너무 낯설고 두려운 경험이었던 거야. 우물쭈물 한참을 망설이다 결국 용기를 냈고 처음으로 낯선 사람에게 말 걸기를 성공했지. 그런데 말이야, 그 한마디가 시작이었어. 너를 변하게 만들어 준 첫 시작! 작은 용기, 사소한 시작이 얼마나 큰 변화를 만들어 낼 수 있는지. 그 시작이 있어서 어쩌면 지금의 네가 있는 건지도 몰라.

한참을 헤매고서야 도착한 장소에는 너를 소개한 형과 극단 대표님이 기다리고 있었어. 대표님은 휠체어를 타고 있었지. 체구는 작지만 단단하면서도 따뜻한 미소를 가진 분이었어. 연기에 대한 네 갈망을 진지하게 들어주는 사람들에게서 처음으로 이해 받는 느낌이 들었어. 결코 잊을 수 없는 순간이었지. 그 설레는 만남. 거기에 꿈으로 가는 작은 길이 열려 있었어.

단원들과 함께한 첫 연기 수업은 얼마나 설레던지. 그 설렘이 넌 아직도 생생해. 처음으로 〈시선〉이라는 희곡을 받아 들었는데 기분이 묘했어.

'내 손에 희곡이 들려 있다니….'

그 희곡을 가지고 매주 극단에서 단원들과 함께 작품 분석을 하고 리딩을 했지. 그때 너의 얼굴에서 그동안 한 번도 본 적 없던 의지와 열정을 보았던 것 같아. 대학로에서 처음으로 연극을 보던 날의 기억도 어제처럼 남아 있어. 눈앞에서 펼치는 배우들의 연기를 보면서 너무나 신기하고 경이로웠어.

극단에 새로운 선생님을 모시고 본격적인 훈련에 들어가게 됐을 때 네가 얼마나 가슴 벅차 했는지도 잘 알고 있어. 원 주위를 돌며 몸을 풀고 목소리를 길게 내보고 발음을 따라 하고. 연기로 가는 모든 훈련이 흥미롭고 좋았어.

대학에서의 첫 기말고사를 앞두고 극단에서는 〈고도를 기다리며〉의 오디션이 있었어. 기말고사 공부도 해야 하는데 오디션 준비도 해야 하니 갈등하지 않을 수 없었어. 그러나 갈등은 머리로만 할 뿐. 네 마음은 온통 오디션 준비에만 가 있었지. 수업을 듣는 와중에도 네 손에는 교재 대신 희곡이 펼쳐져 있었어. 공부에 전혀 집중하지 못했다는 얘기. 그러니 공부가 제대로 될 리가 없었겠지.

오디션 당일, 붙어야 한다는 마음은 비운 탓인지 별로 긴장되지는 않았어. 너보다 오랜 경력의 선배들이 있는데 네가 감히 될 리가 없다고 생각했지. 아니나 다를까. 선배들의 연기는 대단했어. 특히, 지금은 고인이 되신 강희철 형님의 연기는 감탄스러울 정도였지.

'나도 저렇게 할 수 있을까?'

선배들의 연기를 보며 감탄도 하고 기가 죽기도 하고. 눈앞에서 펼쳐지는 선배들의 연기를 보며 네 연기도 점검해 보고 배우기도 하면서 즐겼어. 그러는 사이 어느 순간 너의 차례가 다가왔고 넌 그저 네가 느낀 대로 대사가 풍기는 뉘앙스대로 맘껏 연기를 보여 줬어. 그동안 피나게 연습했던 것을 다 쏟아 내고 나니 후련한 기분까지 들 정도였지.

1주일 후, 넌 덤덤하고 편안한 맘으로 오디션 결과를 기다렸어. 네가 될 거라는 기대 따윈 없었어. 경험 많은 형들이 역을 맡는 게 맞는다고 생각했거든.

근데 이게 웬일이야? 생각지도 못한 일이 일어났어. 에스트라공 역으로 네가 캐스팅이 된 거야. 별 기대도 없이 그저 멍 때리고 있다가 와락 덤벼든 행운에 어안이 벙벙했어. 처음엔 뭔가 해냈다는 느낌에 짜릿했지. 그런데 그 짜릿함에 한껏 부풀어 오르다가 점점 바람이 빠지는 듯하더니 슬슬 걱정으로 가득 채워지기 시작했어.

'잘 해낼 수 있을까?'

내내 바라왔던 일이 실망으로 이어지지나 않을지. 너에 대한 확신이 생기지 않았어.

캐스팅이 결정되고 첫째 날 리딩을 하는데 에스트라공의 대사를 그 누구도 아닌 너만 읽는다는 게 그렇게 새삼스레 뿌듯할 수가 없었어. 불안하고 걱정스럽던 마음을 한 번에 잊어버릴 만큼.

'이제 내 꺼야, 내 꺼.'

너만 읽는 네 대사를 읽으며 누구보다 잘 해내고 싶다는 열망이
솟구쳐 올랐어. 잘 해낼 수 있을 것 같은 막연한 자신감이 솟아
올랐어. 그 또한 한 번도 경험해 본 적 없는 생애 첫 느낌이었지.
너만 할 수 있는, 너만의 에스트라공을 무대 위에서 당당히 보여
주고 싶었어. 그 가슴 벅찬 기대와 설렘에 비로소 살아 있다는 느
낌이 들었지.

'살아 있다는 게 이런 거구나! 이렇게 살자!'

연극이 끝나고 난 뒤

...

　학교 공부에는 신경 쓸 여력이 없을 만큼 너는 연극 연습에만
몰두하는 나날을 보냈어. 매일 대본을 읽고 암기하는 것만으로
도 벅차서 다른 건 할 엄두조차 나질 않았어. 넌 오로지 에스트라
공이 되어야만 했고 에스트라공인 나날이었어.

　무대에 서는 날. 분장실에서 메이크업을 받으면서 드디어 실감
했지. 네가 드디어 배우가 됐다는 걸. 아직 텅 빈 객석과 무대가
와글와글 떠들썩해질 것을 상상하면서 분장한 네 얼굴이 거울
속에서 웃고 있었어.

　'연습한 대로만 하자!'

　단단히 자기최면을 걸고 오른 무대였는데도 실수도 하고 아쉬
움도 있었어. 그렇지만 결코 잊을 수 없는 무대였지. 공연이 무르
익을 즈음 너로 인해 웃고 있는 관객들의 웃음소리를 들었을 때,
그 순간을 너는 영원히 기억하고 싶었어. 네가 사람들에게 웃음
을 주는 사람이란 사실이 말할 수 없이 좋았거든. 연기를 통해

소통할 수 있다는 것이, 관심받고 있다는 것이, 그리고 무엇보다 관객들이 너를 바라보고 있다는 것이 가슴 벅차도록 행복했어. 공연 중 한 차례 바지가 벗겨져서 크게 당황하는 일이 있었지만, 공연에서만큼은 그런 것마저도 즐길 수 있다는 게 나름 신선하기도 했어.

공연이 끝나고 분장실에 있는데 한 기자가 너에게 인터뷰 요청을 했어. 배우로서 하는 첫 인터뷰였지. 인터뷰하면서 누군가 너의 얘기를 진지하게 듣고 있다는 사실이 속으로 참 좋았어. 처음으로 세상이 네 목소리에 귀를 기울여 주는 느낌이었지.

그러나 연극은 끝나고 현실은 남는 것. 공연이 끝나고 열흘 후 학교 시험 성적표가 나왔어. 대학생의 성적표라고 하기엔 차마 믿기 힘든 성적표였지. 엄마는 난리도 아니었어. 형편없는 성적도 성적이지만 무엇보다 연극을 하는 그 자체를 엄청나게 반대하셨거든. 가족 모두 네가 연극을 하는 걸 찬성하지 않았어. 연기를 공부한다 해도 부모님은 네가 배우로 산다는 게 실현 가능하지 않다고 생각했으니까. 게다가 우리나라에서 배우가 된다는 건 대체로 가난하게 산다는 걸 의미해. 취업도 안 되고 돈도 못 번다는 게 부모님이 반대하는 결정적 이유였지.

"그러니까 하지 마. 장애인이니까 더 안정적인 직업을 가져야지."

그러면서 엄마는 공무원이나 사무원이 되라고 강요하셨어. 아빠는 엄마만큼 결사반대하지는 않았지만 배우 하면 뭐 먹고살 거

<틴에이지 딕> 홍보영상자료 ⓒ국립극장

냐고 걱정을 하셨지. 그러니 배우는 취미로만 하고 먹고사는 일
은 다른 일을 찾아보라고 하셨지.

이날을 기억하면서 너 네가 백상예술대상 시상식에서 뭐라고 외
쳤는지 기억나?

'현실 중요하게 생각하시는 아버지에게 한마디 하겠습니다. 이
것도 현실이에요!'

어때? 통쾌하지 않아?

너는 다시 고민에 빠졌어. 그러나 부모님의 반대와 네 꿈 사이의
고민은 아니었어. 넌 누가 뭐라든 이제 연기를 할 거라고, 배우로
살 거라고 이미 마음을 먹었거든. 그래서 휴학과 자퇴 사이의 고
민을 하고 있었던 거야. 한 번 무대의 경험을 하고 나니까 더는 너
와 맞지도 않는 공부를 하느라 애쓰고 싶지가 않았어. 시간 낭비
도 하기 싫었어. 결국 과감히 자퇴를 해 버렸지.

그 후로부터 넌 연극에 모든 걸 쏟아부었어. 연극 교실에 참여
해 연극에 관한 모든 것을 배웠지. 그래도 무대가 아닌 현실은 여
전히 쓸쓸하긴 했어. 넌 여전히 생일에도 같이 보낼 친구 하나 없
는 날들을 보냈거든. 그래도 예전만큼 외롭진 않았어. 너에겐 이
제 연기라는 친구가 생겼거든!

연극이 끝나고 난 뒤 혼자서 무대에 남아
아무도 없는 객석을 본 적이 있나요

힘찬 박수도 뜨겁던 관객의 찬사도
이젠 다 사라져
객석에는 정적만이 남아 있죠
정적만이 흐르고 있죠

이런 노래가 있지. 모든 것을 쏟아 낸 공연을 마치고 텅 빈 객석을 바라보며 느끼는 외로움과 허기. 어쩌면 외로움은 배우의 숙명 같은 것인지도 몰라. 배우를 선택하면서 숙명처럼 갖는 외로움은 그동안 네가 느끼던 외로움과는 다른 것 같아. 그동안의 외로움은 네 의지와 선택에 상관없이 너를 무너뜨리는 잔인한 것이었다면, 네가 선택한 외로움은 그저 고요한 정적 같아. 너를 쉬게 하지. 새로운 설렘을 주지. 그런 외로움이라면 사랑할 수 있지 않을까.

# 경로를 재탐색합니다

...

'경로를 재탐색합니다.'

가끔 내비게이션을 따라가다가 보면 경로를 이탈할 때가 있잖아. 그럴 때 내비게이션이 경로를 다시 탐색해 알려 주지. 인생에서도 그렇다면 참 좋을 텐데. 경로를 이탈하는 순간 새로운 경로를 알려 주는 내비게이션이 있다면 말이야. 그러나 인생의 방향은 그 누구도 아닌 스스로 선택하고 책임져야만 하지. 네게도 그런 순간이 온 거야. 부모님이 원하는 방향이 아닌 네가 원하는 방향으로 경로를 재탐색해야 하는 순간이.

자퇴 후 네가 원하는 연기 공부를 할 수 있는 경로를 재탐색했어. 신기하게도 마침 기다렸다는 듯이 사이버대학교에 신설된 방송연예과에서 신입생을 모집한다는 공고가 나왔어. 다행히 2차 모집에 응시해 합격했지. 비장애인들도 들어가기 힘든 과였는데 네가 합격했다니 놀랍기도 했고, 무엇보다 학교에서 정식으로 연기를 배울 수 있게 됐다는 사실이 너무 기뻤어. 오프라인 수업은 없었지만 모임과 MT 등에서 방송에 관련된 프로듀서 분들도 만나고 다양한 얘기를 들을 수 있어서 많은 도움이 되었어.

극단 모임에도 더 적극적으로 참여했지. 극단 사람들과 함께할 때 뒤풀로 2차까지 이어지기도 했지. 넌 그게 좋았나 봐. 극단 대표님이랑 선배들과 함께 홍대 주변을 돌아다니며 밤새도록 놀기도 했어.

'그때 클럽도 한번 가 볼 걸 그랬어.'

여태 클럽 한번 가지 못한 걸 생각하며 넌 지금도 가끔 아쉬워하지. 사람들과 어울려 그렇게 즐거워하는 네 모습을 학창 시절엔 단 한 번도 본 적이 없어. 그런데 그렇게 사람들과 웃고 있는 스물한 살의 네 모습을 기억할 수 있어서 다행이야.

비록 사이버 수업이지만 학교에 가는 것처럼 매일 수업을 들었고 너 그때 정말 신나게 열심히 공부했나 보더라. 1학기 평균 점수가 A0가 나왔지. 물론 너도 놀랐지만, 엄마는 더 놀라워하셨어. 네 머리로 어떻게 그런 점수가 나올 수 있냐면서 말이야. 그럴 만도 한 게 너 경영학 전공할 때 얼마나 끔찍한 성적이었어! 엄마는 그걸 너무도 생생히 기억하고 있으니까 놀라는 게 당연해. 네가 얼마나 연기 공부에 진심인지 엄청나게 달라진 네 성적표를 보고 엄마도 느끼신 모양이야. 성적표를 계기로 엄마도 네 장래에 대한 믿음이 조금 생기셨는지 좀 누그러지신 것 같았어.

너도 너 자신을 조금은 더 믿을 수 있게 됐어. 그동안 너의 부진은 '동기'라는 연료가 없었기 때문이었던 거야. 동기가 확실해지자 기름에 불이 붙듯 너 자신도 모르고 있던 네 안의 열정이 타오르기 시작했지. 지금까지 네가 가장 잘한 일이 있다면 과감한 경로 이탈이야. 그리곤 재빨리 네가 가고 싶은 길로 경로를 재탐색했지.

네가 있어야 할 자리는 네 마음이 향하는 바로 거기, 무대였던 거야.

자만의 늪

...

너는 여름방학에도 잠시도 쉬지 않고 학교와 극단을 오가며 열심히 공부했어. 그렇게 뜨거운 여름방학을 보내고 새 학기가 시작될 무렵엔 극단에서 새로운 역으로 캐스팅되었어. 〈고도를 기다리며〉의 소년 역. 조금 짐작은 했지만 그게 현실이 되니 내심 서운한 마음이 들었어. 네가 하고 싶던 역은 따로 있었거든. 첫 무대에서 했던 에스트라공이나 디디(블라디미르) 역을 하고 싶었어. 특히 에스트라공은 첫 무대에서 아쉬움이 있었기 때문에 다시 기회가 주어진다면 잘 해내고 싶다고, 더 잘할 자신이 있다고 생각했거든.

'저 캐릭터가 나였으면….'

리딩을 하고 연습을 할 때마다 속으로 그렇게 아쉬워하면서 그 역을 맡은 형들을 부러워했지. 많은 대사를 해내야 하는 주인공 역에 비하면 소년 역은 대사도 단답형으로 별로 없고 그저 단역에 불과하다고 생각했어. 단역이라 오래 기다려야 하는 것도 너무 지루했고 연기에도 별 재미를 느끼지 못했어. 그러다 보니 연습이 끝나고 집에 들어가서는 다시 대본을 훑어보지도 않았어. 아무리 작은 역할이라도 그 역할이 얼마나 중요한지 역할의 소중함을 몰랐던 거야.

　연습 중에 우리 극단이 나눔 연극제에 나가게 됐다는 소식이 들렸어. 기뻐해야 하는데 고작 단역으로 참여한다는 생각에 연극제에 나가는 것도 시큰둥했어.

　연극제에 가서 공연할 동선을 체크하고 리허설을 한 뒤에도 기분이 썩 좋지만은 않았지. 쉬는 시간에 연기상 시상식이 있다는 얘기를 들었어. 단역이라 기대는 안 하고 있었는데 한 형이 단역이어서 더 유리할 수도 있다고 말하는 거야. 그 말에 너도 일말의 기대를 하게 되었지. 어느새 정장을 입고 연기상을 받으며 수상 소감을 말하는 네 모습을 상상까지 하기에 이르렀지.

　"2011년 나눔 연극제 연기상, 극단 애인 〈고도를 기다리며〉 소년 역의 하지성 님!"

　사회자가 한껏 들뜬 목소리로 너의 이름을 불러. 시상식에 걸맞는 우아한 음악이 흐르고 관객석에선 박수와 함성이 터져 나와. 호명된 네 이름에 흥분한 너는 기쁨의 함성과 함께 만세를 부르며 시상대에 나와 트로피와 꽃다발을 받아들지. 그러고는 이렇게 수상 소감을 말하는 거야.

2011 <고도를 기다리며> 출연 배우들과

"감사합니다. 상을 받게 될 줄은 생각하지도 못했는데 큰 상을 주셔서 어떤 말부터 꺼내야 할지 모르겠습니다. 우선은 엄마, 아빠께 사랑하고 감사한다고 말하고 싶고요. 동생 주연이에게도 늘 고맙고 사랑한다고 전하고 싶어요. 집에서는 표현을 잘 하지 않다가 여기에서 하니까 미안하네요. 저희 극단 대표님 지수 누나와 연출을 맡으신 연주 선생님과 조연출 예슬 누나에게 감사합니다. 그리고 무엇보다도 함께 노력하고 연습한 네 명의 형들, 희철이 형, 정식이 형, 진식이 형, 우람이 형. 형들이 있었기에 이 자리에 설 수 있었습니다. 제가 받아도 되는 상인지 모르겠네요. 고맙고 미안합니다. 이 상은 더 열심히 노력하라는 뜻에서 받겠습니다. 그리고 다음 주 15일부터 25일까지 공연하니까요. 많이 보러 와 주시면 감사하겠습니다. 연기를 통해서 인생을 맛있게 사는 배우가 될 수 있도록 노력하겠습니다. 감사합니다."

하지만 이런 상상이 물거품이 되어 버리는 데는 그리 오래 걸리지 않았어. 더 긴장한 나머지 중간에 대사 하나를 날려 버렸고 순간 몰입도 흐트러져 버린 거야.

'3등 안에도 들지 못하겠구나.'

공연이 끝나고 네가 다 망쳐 버렸다는 자책감에 고개를 들 수가 없었어. 형들은 연출 선생님에게 '죄송하다'는 말을 했는데 넌 결국 그 말도 하지 못했어. 마음으로는 골백번도 더 죄송하다고 말하고 싶었는데 너무 죄송하니까 그 말도 나오지 않았어. 그 말조차 못하는 너 자신이 답답하기만 했지.

3일 후, 우리 극단이 대상을 받았다는 뜻밖의 문자를 받았어. 낮잠을 자다가 그 문자에 화들짝 잠이 깼지. 믿기지 않을 만큼 기뻤어. 네가 실수한 와중에도 형들이 너무 잘해 준 덕이란 생각에 고맙기도 하고 형들의 그런 연기력이 부럽기도 했어. 그동안 네가 극단에 잘 적응할 수 있었던 원동력은 반복되는 연습과 형들의 노력 덕분이라는 생각을 새삼스럽게 했어. 그런 형들 덕분에 너도 더 집중할 수 있었고 연기에 몰입할 수 있었던 거지. 결코 너혼자 잘나서 거기까지 오게 된 게 아니었다는 걸 그때 비로소 깨달았던 거야.

작은 역이라고 소홀히 여기고 연습을 즐겁게 하지 못한 것이 결국 만족스럽지 못한 공연으로 이어지고 말았어. 세상에 작은 역이란 없는 거였는데 말이야. 아무리 작은 역이라도 그 무대에 네가 있다는 사실만으로도 얼마나 기쁘고 감사한 일인지 더 일찍 깨달았어야 했는데 지금까지도 너에게 뼈아픈 후회로 남아 있는 기억이야.

## 배우로서 단단해지기

...

작품을 하다 보면 유독 힘든 작품이 있어. 2018년 극단 애인의 〈방에서 나오기만 해〉라는 작품이 그랬어. 〈한달이랑 방에서 나오기만 해〉라는 제목의 공연으로 〈한달이랑〉이라는 작품과 〈방에서 나오기만 해〉라는 두 작품이 옴니버스로 연결된 작품이었지. 그중 〈한달이랑〉은 시설에서 자립한 장애를 가진 세 남자가 어느 날 갑자기 문 앞에 버려진 아기와 함께 살아가게 되면서 겪는 이야기야. 프랑스 코미디 영화 〈세 남자와 아기 바구니〉의 장애인 버전이랄까. 너는 그 세 남자 중에 한 역할을 맡았지. 극 중에 슬쩍슬쩍 장애를 이야기하면서도 유쾌하고 재미있는 연극이어서 연기하면서도 즐거웠던 작품이야.

그런데 〈방에서 나오기만 해〉는 그렇지 않았어. 〈한달이랑〉과는 분위기가 완전히 다르고 좀 무거운 작품이었지. 장애가 있는 딸과 딸의 장애 때문에 고통스러웠던 엄마의 애증과 화해를 그린 작품이었어. 그 작품에서 딸의 장애가 부끄러웠던 엄마는 딸을 방에 가두고 밖으로 나오지 못하게 해. 그런 엄마로 인해 고통스럽게 자란 딸이 나중에 치매에 걸린 엄마를 마주하게 돼. 내용도 너무 서글프고 어두운 데다 작품 속에 그려진 장애가 너무 억압받고 부정적으로 그려져서 그걸 바라보는 자체로 너는 너무 힘들었지. 지금도 다시 하라고 하면 또다시 힘들지 않을까. 어쩌면 네 안에 직면하고 싶지 않은 어떤 것을 직면해야 하는 거부감 때문이었을지도 몰라. 무대 위에서 연기할 때 물론 연기지만 자기 자신을 투영하게 되는 면도 있는 거잖아? 연기하면서 자신이 투영된 인물을 자기 자신이라고 느낄 때 가장 짜릿하거든. 공연할 때마다 그런 짜릿함을 느낄 수 있어서 좋았는데 〈방에서 나오기만 해〉와 〈시선의 조각들〉처럼 비슷한 결의 작품에선 그럴 수가 없었어. 그 안에 억압당하고 있는 인물이 바로 너 자신인 것만 같아서 정말 보기 싫고 하기 싫었지. 마음으로는 너무 하기 싫으면서도 어찌어찌 무대에 서야 하는 날들을 힘들게 보내야 했어.

〈한달이랑〉에서는 기억에 남는 실수도 했어. 유독 안 외워지는 대사가 있었는데 결국은 사달이 난 거지. 공연 중에 갑자기 대사를 잊어버린 거야. 이럴 땐 대사를 까먹었다고 표현하는 것이 더 좋겠어. 머릿속이 하얘지면서 해야 할 대사가 하나도 기억나지 않았지. 애드리브를 하든 어쩌든 무슨 말이라도 해야 하는데 넌 그저 멍하게 가만히 있었어. 순간이 몇 년 같은 침묵이 흐르는 동안

아마 관객들도 너의 실수를 알아챘을 거야. 네가 그대로 얼음처럼 서 있는데도 상대 배우도 어쩐 일인지 그 실수를 받지 않고 가만히 서 있었어. 제발 상대가 뭐라도 해 주길 바라며 필사적인 텔레파시를 보냈는데도 말이야. 아마 상대는 네가 대사를 곧 할 거라 생각해서 기다렸나 봐. 때로 명배우들은 NG가 나는 순간에도 생각지 않은 명장면이 나오기도 한다지? 그런데 그건 실수도 실력으로 덮을 수 있는 내공과 상대와의 기막힌 호흡에서 오는 행운인지도 몰라. 첫 공연에 그런 실수를 해 버려서 관객에게도 단원들에게도 너무 미안했던 기억이 있지.

배우라면 그것이 아무리 싫고 회피하고 싶은 배역이라도 기꺼이 그 인물을 연기해 낼 수 있어야 해. 넌 그걸 〈방에서만 나오기만 해〉 공연을 통해 절실히 배웠어. 그리고 실수도 실력으로 만회할 수 있으려면 그걸 두려워하지 않는 용기가 있어야 한다는 사실도 그때 실수를 통해 배웠어.

앞으로 넌 얼마나 외면하고 싶은 인물들과 만나게 될까. 또 무대 위에서 얼마나 진땀 나는 실수들을 하게 될까. 이제 고작 14년 차 배우에게 얼마나 멀고 험한 연기의 길이 남아 있겠어. 그래도 몸부림치고 실수하고 넘어지면서 가다 보면 NG도 명장면으로 만들어 낼 수 있는 내공을 가진 배우가 되어 있을 거야.

난 알아, 그 믿음이 너를 하루하루 성실히 나아가게 한다는 것을.

## 도전이 미래다

...

2020년 12월, 네가 연극 '극단 애인의 1인 무대'를 할 때 강보름 연출가가 스태프로 참여했어. 너는 그때 1인 무대로 〈여기에 있다_배우 편〉을 공연하고 있었지. 분장실에서 우연히 강보름 연출가와 부딪혔을 때 문득 너는 용기를 내어 그렇게 말했어.

"5년 이내에 강 감독님 작품을 하는 것이 제 목표입니다."

그때가 네가 연극을 시작한 지 딱 10년이 되는 해였거든. 2010년 극단 애인의 창단 연극 〈고도를 기다리며〉 첫 무대에 선 이후 벌써 10년이란 세월이 흘러간 거야. 10년이란 시간을 돌아보면서 네 연기에도 어떤 변화가 절실히 필요하다고 느끼고 있었기 때문에 아마 그런 용기를 낼 수 있었을 거야.

그런데 네가 그렇게 말한 지 불과 7개월 만에 네 목표가 이루어졌어. 강 감독이 〈여기, 한때, 가가〉라는 작품의 출연 제의를 해온 거야. 그래서 극단 애인에서 안식년을 갖고, 21년 7월에 공연을 위한 연습에 들어가게 됐지. 5년 이내 그 목표를 이루겠다고 했는데 그보다 훨씬 빠른 7개월 만에 그 목표를 이룬 셈이야. 참 놀랍지 않아?

너는 〈여기에 있다〉에서 마지막 바람으로 백상예술대상에서 연기상을 받고 싶다고 했는데 그것도 3년 만에 이루어졌어. 강보름 연출가와 함께 작업하는 목표도 그 공연 중에 선언했으니 그쯤 되면 거의 신내림 수준 아닌가?

너는 곧이어 서울시 극단의 〈천만 개의 도시〉에도 출연하게 됐어. 2020년에 당당히 오디션을 통해 따낸 작품이지. 가만히 앉아서 작품을 기다려서는 기회가 오지 않는다는 사실을 10년이라는 시간 동안 체득하게 됐어. 오디션은 연기가 아니라 '광화문 하면 어떤 느낌이 드느냐' 정도의 가벼운 인터뷰였어. 이 작품은 자신의 자리에서 각자의 색깔로 도시를 빛내고 있는 시민들의 일상을 담아내는 작품으로 서울에서 살아가는 외국인. 장애인 등 다양한 배우들이 출연하여 자연스럽게 현실을 표현한다기에 과감히 오디션에 도전했지. 너의 도전은 대성공이었어.

〈천만 개의 도시〉로 세종문화회관 M시어터 무대 위에 오를 때 가족들이 처음으로 네가 하는 공연을 지켜봤어. 네가 당당히 도전해서 얻어 낸 자랑스러운 무대를 말이야. 네가 연기하는 걸 그렇게 반대하던 가족이었는데 그때 처음으로 가족들에게 배우로서 인정받은 기분이었어. 네가 얼마나 무대 위에서 당당하고, 행복해 보였는지, 그리고 관객들이 얼마나 너에게 호응했는지 가족들

&lt;천만 개의 도시&gt; 공연 ⓒ뉴스프리존

의 눈으로 직접 보고 느꼈던 거야.

가족들에게도 그렇지만 너에게도 이 작품은 남다른 애정이 가는 작품이기도 해. 연기를 보여 준다기보다는 우리 일상의 모습들을 자연스럽게 표현해 내고 장애와 비장애 상관없이 다양한 사람들을 평범하게 보여 준다는 의미에서 너도 개인적으로 손가락에 꼽을 만큼 좋아하는 작품이거든. 배우에게 그런 작품을 갖는다는 건 보람이고 기쁨이지.

2021년은 〈여기, 한때, 가가〉와 〈천만 개의 도시〉 두 편의 외부 작품을 해낸 의미 있는 한 해였어. 미래는 네 족집게 같은 예언으로 이루어지는 게 결코 아니야.

도전하지 않으면 미래도 없지. 도전하지 않으면 아무 일도 일어나지 않아. 한곳에 안주하지 않는, 용기 있는 그 도전이 너의 지금을 만들었다고 생각해.

그리고 또 다른 도전이 너의 미래가 될 거야. 이것만큼 확실한 예언이 또 있을까.

## 틴에이지 딕은 바로 너

...

　드디어 너에게도 운명적인 작품이 왔어. 연극 〈틴에이지 딕 (Teenage Dick)〉. 이 연극은 셰익스피어의 원작 〈리처드 3세〉를 뇌성마비 고등학생 이야기로 극작가 마이크 루가 각색한 작품이야. 리처드 3세는 셰익스피어가 실존 인물을 바탕으로 쓴 비극으로, 기형적인 신체에서 비롯된 열등감을 권력욕으로 채우려는 한 인간의 악행과 파멸의 과정을 그린 작품이야. 마이크 루는 인물의 성격과 사건의 흐름 등 원작의 뼈대를 가져와, 현대 미국 고등학교로 배경을 옮겨 동시대 관객이 공감할 이야기로 새롭게 풀어냈어.

　작품은 장애 때문에 친구들에게 괴롭힘을 당하지만, 뛰어난 책략가이자 야심가의 면모를 지닌 리처드를 중심으로 전개되지. 자신을 괴롭히는 무리에게 복수하기 위해 차기 학생회장이 되려는 리처드가 본인의 약점까지 이용하며 꾸미는 음모와 갈등, 그리고

<틴에이지 딕> 공연 ⓒ국립극장

예상치 못한 혼란과 선택의 순간 등이 총 9장에 걸쳐 펼쳐져.

2018년 미국에서 초연된 뒤  영국·호주 등 세계 무대에 오른 연극 〈틴에이지 딕〉은 소외된 인물을 다루는 작품에서 전형적으로 보이는 극복과 치유의 서사, 평면적인 인물의 틀을 깨고 장애인을 입체적 인간으로 생생하게 그려 관객과 평단(評壇)을 사로잡았다고 해. 자신의 욕망을 가감 없이 표출하는 리처드와 그를 둘러싼 인물들의 모습을 통해 장애인에 대한 우리의 선입견을 깨는 동시에 '다름'을 마주하고, 받아들이는 사회 전반의 인식과 태도에 물음을 던지는 재미있고 의미 있는 작품이야.

2022년 국립극장의 무장애 공연 프로젝트로 바로 이 작품의 오디션 공고가 떴어. 너는 망설이지 않고 도전했지. 국립극장 최초의 장애인 배우 오디션이라는 의미에서 너는 '이건 꼭 내가 해야겠다'는 생각을 했고, 무엇보다 앞으로 자산이 될 좋은 경험을 쌓을 기회란 생각에 놓치고 싶지 않았어.

장애인 배우 남녀 각 1명씩을 선발하는 오디션이었지. 남자는 3명, 여자는 2명이 지원했다더군. 일반 오디션보다는 낮은 경쟁률이었지만 그래도 3대 1이라니 2명은 고배를 마셔야 하는 잔인한 경쟁이긴 마찬가지. 너무도 탐나는 배역이라 너는 결코 그 고배의 주인공이 되고 싶지 않았어. 욕심이 컸던 만큼 오디션 결과를 기다리는 시간조차도 떨리고 초조했어. 결과는? 하지성! 그래, 바로 너였어. 나중에 알고 보니 심사위원들이 이미 네 연기를 유튜브로

봐서 알고 있었다고 하더라고. 원래는 4회차 공연을 더블 캐스팅으로 2회씩 나누어 맡길 계획이었다고 해. 그런데 오디션에서 네가 보여 준 연기가 너무나 리처드와 맞아떨어지는 강렬한 인상을 주었기 때문에 단독 캐스팅으로 결정했다고. 그 얘기만으로도 너는 너무 마음이 놓이고 영광스러웠어.

연극 〈틴에이지 딕〉의 주인공 리처드 글로스터 역은 그렇게 네 것이 되었지. 11월에 올릴 공연을 8월 말부터 연습하기 시작했으니 연습 기간은 불과 3개월에 지나지 않았어. 연습 시간은 절대적으로 부족한데 대사 분량은 엄청나게 많았어. 워낙 리처드의 감정선이 복잡하고 어려워서 심리적 압박이 너무 컸고, 공연 준비 막바지에는 3시간의 러닝타임을 다 소화하지 못했어. 공연 직전까지 대사를 잊어버리기도 하고. 최종 리허설을 끝까지 마치지도 못하고 첫 공연에 들어가야 했어. 너무너무 피가 마르도록 불안한 날들이었지.

공연이 화제가 되어서 그런지 연습하는 기간에 각종 언론사에서 인터뷰를 많이 하러 왔어. 연습할 시간도 부족한데 시간을 쪼개서 인터뷰 준비까지 해야 했지. 해내야 할 것들이 너무 많은데 잘하지 못할까 봐 두려우면서도 잘하고 싶은 압박감은 압박감대로 또 너무 심해서 정말 숨이 막힐 지경이었어.

그런데 그 중간 점검 회의 있잖아. 배우진이 아니라 작품에 관련된 연출부, 그리고 국립극장 관계자들이 중간 점검 회의에서 그랬다는 거야. 하지성이 전혀 문제없다고. 그냥 계속 잘 해내 갔으면 좋겠다고. 작은 낙담에도 금방 무너져 내릴 것처럼 힘이 들었는데 그 얘길 전해 들으면서 너무 응원이 되고 힘이 났어. 정말 감사했어. 그만큼 너를 믿어 주고 있다는 뜻이었으니까. 그래서 더 해 보자! 힘을 낼 수 있었어. 그 기운으로 공연까지 갈 수 있었던 거야. 그리고 결국 너는 해냈어!

〈틴에이지 딕〉은 자막과 음성 해설, 수어 통역이 제공되는 무장애(배리어프리, Barrier-free) 공연으로 2022년 11월 17일부터 20일까지 달오름극장에서 공연되었어. 매회 만석으로 외국에 이어 우리나라에서도 대성공을 거두었지.

"이건 기적이야!"

첫 공연 후 연출을 맡았던 신재훈 연출가는 네게 그렇게 외치며 만족한 웃음을 보여 주었어. 연출가의 환호성에 너도 꿈만 같았지.

관객들의 반응도 기대 이상이었어. 공연이 끝나고 어느 관객으로부터 처음으로 DM을 받아 봤어. 너무 잘 봤다고, 너무 좋아서 둘째 날 공연도 또 봤다는 내용이 들어 있었어. 사실 웬만한 정성 아니면 날씨도 추운데 재관람하러 또 오기 쉽지 않았을 텐데 무려 3시간이나 되는 공연을 또 보러 와 주었다니. 정말 관객의 격려가 얼마나 배우에게 힘이 되는지 새삼 절실하게 깨달았지. 뿌듯하고 성공적인 공연이었어.

"당신들은 내가 선택하기도 전에 어떤 사람인지 판단을 내렸지. 내가 영웅이 아니란 걸 벌써 알고 있었잖아. 휠체어를 타고 들어올 때부터."

딕의 대사였는데 아주 공감하는 대사 중 하나야. 딕은 곧 나였어. 사람들이 말하는 지극히 비정상, 이상적이지 않은 몸. 편견과 위선으로 가득 찬 세상을 한 번쯤 통쾌하게 비꼬고 비판하고 싶어 하는. 그러니 무대에서 '그냥 나로 있어 보자' 했지. 충분히 너 자신이어도 괜찮다고. 충분히 너 자신을 투영할 수 있는 무대였기 때문에 성공적인 무대가 될 수 있었다고 생각해.

자신의 장애를 이용해 사람들을 유혹하거나 선동한 딕을 사람들은 '문제적 장애인'이라고 해석하기도 하지. 그런데 너는 그런 딕을 '문제적 장애인'이라고 해석하지 않았어. 문제적인 건 딕이 아니라 오히려 사회였지. 몸이 다르다는 이유로 혐오하고 같은 사람으로 취급하지 않았잖아. 문제적 장애인이기 때문이 아니라 딕은 그냥 한 사람으로서 본성과 욕망을 드러낸 것뿐이라고 생각했어. 네가 표현한 딕은 그런 딕이었지. 너를 통해 구현된 딕을 사람들은 공감했고 그런 하지성만의 딕을 인정해 줬기 때문에 백상예술대상이라는 큰 상도 받을 수 있었던 것 아닐까.

고통스러울 정도로 힘들었지만 〈틴에이지 딕〉 공연을 통해 힘들었던 만큼 네가 성장할 수 있었다고 생각해.

"나는 해낸다, 반드시 해내고 만다."

너는 지금껏 그런 마음으로 힘든 과정을 넘겨왔다고 자부하지만, 극을 끌어가는 힘만큼은 〈틴에이지 딕〉을 거치면서 더 강해질수 있었다고 생각해. 최근에 했던 〈미래의 동물〉이라는 공연도 연습 과정이 쉽지 않았지만 그래도 무대에 섰을 때 이전보다 극을 끌어가는 힘이 훨씬 단단해졌다는 걸 느꼈거든.

백상예술대상은 영광스럽지만 그렇게 지나가는 것일 뿐이겠지. 그런 여러 길을 지나서 너는 배우로서 무르익어 갈 거야.

## 장애를 극복하려고 연기하지 않는다

...

백상예술대상을 받고 한동안 너에 대한 기사가 쏟아졌어. 잠시지만 장애인 배우에 대한 관심 또한 들끓었지. 장애인 배우가 상을 받는 건 백상예술대상 59년 만에 처음 겪는 일이니 갑자기 이목이 집중되는 건 당연해.

그러나 너무 '장애'에만 초점을 맞춰 쏟아지는 기사들은 좀 불편했지. '장애'보다는 '인(人)', 그냥 사람에 대한 순수한 관심이었다면 참 좋을 텐데 말이야. 심지어 백상예술대상 수상 기사에서도 '장애를 극복했다'는 표현이 차고 넘쳤어. 너는 지금까지 장애를 극복해 본 적이 단 한순간도 없는데 말이야. 게다가 장애를 극복해 보려고 연기를 하거나 상을 받은 것도 아닌데 말이지.

네가 정작 극복하고 싶었던 건 네 장애가 아니야. 바로 너 자신이었지. 장애 때문에 가졌던 너의 그 생각들 말이야. 남이 보는 너와, 너 자신이 보는 너는 항상 차이가 있었어. 늘 평행선 같았지.

너는 그냥 '하지성'일 뿐인데 다른 사람들에겐 언제나 그냥 장애인일 뿐이란 걸 느껴야만 했거든. 네 느린 말투와 흔들리는 걸음을 사람들이 자꾸 불쌍하게 쳐다보는 게 정말 싫었어. 그래서 늘 혼자였지. 그나마 너를 웃을 수 있게 하는 건 짝사랑을 할 때의 설렘뿐이었어. 그래서 더 짝사랑에만 집착했는지도 몰라. 친구들과 어울리지도 못하는 걸 언제나 괴로워하면서도 친구들에게 차마 다가가지 못했지. 그리고 그 누구도 네게 다가와 말을 걸어주지 않았어. 넌 그 모든 게 다 네 장애 때문이라고만 생각했던 거야. 그런데 너도 내심 알고 있지? 모든 것이 다 핑계일 뿐이라는 걸. 네가 외롭고 움츠러들었던 건 장애 때문이 아니야. 넌 그저 장애 뒤에 비겁하게 숨어 있었던 거지. 넌 그런 너를 극복하고 싶었던 거야.

J, 난 너와 화해하고 싶었어. 누구보다 너를 이해하고 싶었어. 그러기 위해 이렇게 한 걸음 물러서서 네가 지나온 시간을 돌이켜 본 거야. 장애 뒤에 숨어 자신을 가두고 있던 너를 꺼내 주지 못해서 미안해. 너 자신을 스스로 미워하도록 내버려 둬서 미안해. 혼자 울고 있던 너를 나라도 안아 줬어야 했는데 나조차도 너를 미워해서 미안해. 아무리 초라하고 부끄러운 시절이라도 그 시절의 너를 안아 주고 싶었어. 너에게 진심으로 사과하고 싶었어. 언제부턴가 나는 너를 조금씩 덜 미워하게 됐어. 이 긴 편지를 통해서 이제야 비로소 너를 사랑하게 됐노라고 고백하고 싶다.

<참여사회> 인터뷰 ⓒ박상환(참여연대)

'너는… 나야!'

이제 나는 더 당당히 나다운 나로 살고 싶다. 그냥 나로 충분하다고 그동안의 여러 무대가 나를 증명해 줬으니까.

나는 지금까지 장애를 극복하려고 연기하지 않았다. 앞으로도 그럴 것이다.

## 인물을 나로 표현하는 배우

...

　나는 연기할 때 이야기의 흐름을 먼저 파악하고 주제를 생각한 다음 각 장면이 흘러가는 목적들을 생각하면서 연기한다. 이전에는 오로지 인물에만 집중했기 때문에 나한테서 완벽하게 그 인물이 나오지 않으면 늘 의기소침해지곤 했다. 연기자로서 자질이 없는 것 같아 속상해서다. 그러나 이제 연기에 대한 내 생각은 좀 달라졌다. 내게 연기는 내가 그 인물이 되는 게 아니라 그 인물이 내가 되게 만드는 것이다. 그게 그 말 같아서 좀 헷갈릴 수도 있겠다. 가령 다른 사람의 말을 예로 들어 설명하자면 이런 것이다.

　얼마 전 20년 만에 발간된 영화잡지 『KINO』(2024 a tribute issue)에 송강호 배우님의 긴 인터뷰가 실렸다. 그 인터뷰에서 그는 '반메소드 방식'으로 연기한다고 했다. '반메소드'란 메소드 연기의 일부 원칙을 따르면서도, 배우가 자신의 개인적인 감정과 경험을 캐릭터에 완전히 투영하는 대신, 캐릭터와의 거리를 일부 유지하는 연기 방식을 의미하는 것일 테다. 그는 그것을 어떤 인물이 되기 위해서 노력한다기보다는 그 인물을 자기한테 끌고 오는 작업이라고 표현했다. 자기를 통하지 않으면 그 인물을 그냥 흉내만 내는 거니까. 그 인물이 나한테 흡수되도록 노력하는 것이 그가 연기하는 방식이라는 것이다. 그 말에 동의한다. '인물을 나로 표현하는' 내 연기 방식이 바로 그것과 흡사하다고 말할 수 있겠다.

'아, 이 인물은 이런 인물이겠구나!'

나는 우선 맡은 인물이 어떤 인물인지 느낌이 오면 그 인물에 대한 자료 정도는 검색해 보지만 주변 사람들을 관찰하지는 않는다. 흉내를 내게 될까 봐서다. 인물을 표현하기 위해서는 먼저 주어진 상황을 파악하고 인물이 그 상황 안에서 이루려는 목적을 파악하는 것이 중요하다. 그러고 나면 주어진 상황 속에서 인물의 성격이 자연스럽게 드러나기 때문이다. 나는 인물의 성격을 파악하기 전에 일단 '목적대로 가 보자' 하는 스타일이다. 많이 리딩하고 연습하면서 상황과 인물의 태도를 분석해 가는 것이다.

"이 상황에서는 인물의 태도가 이렇네."

상황에 따라 발견된 인물의 태도를 여러 가지로 표현해 보는 과정을 거쳐서 하나의 인물이 탄생하게 되는 것이다. 처음부터 한 인물이 어떤 성격이라고 미리 규정해 놓고 나를 거기에 맞추는 연기를 하는 것은 내게 너무 부담스럽고 잘할 자신도 없다. 다시 말하면, 인물의 성격을 미리 설정하지 않고 그 상황에 충실한 다음 그 상황에서 내가 가진 태도와 성격을 녹여 내는 과정을 통해서 인물을 나로 표현하는 것. 그것이 내가 연기하는 방식이다.

그렇게 나는 무대 위에서 다른 사람으로 태어난다. 어떨 때는 디디와 함께 고도를 기다리는 에스트라공이었다가 어떨 때는 어느 삼 형제의 막내가 되기도 하고 또 어떨 때는 자신의 장애를 이용해 복수하는 딕이라는 남자가 되기도 한다. 이렇게 다양한 인물을 통해서 관객들에게 내가 하고 싶은 얘기를 하는 것. 이게 바로 내가 외로운 학창 시절에 TV를 보면서 꿈꾸었던 연기다.

외롭고 지루한 삶에서 그렇게 다양한 인생으로 변신해 볼 수 있는 무대가 허락된 배우로 살 수 있다니 이 얼마나 멋진 인생인가!

## 나의 롤모델은 바로 나

...

인터뷰를 하다 보면 꼭 받게 되는 질문이 하나 있다. 어떤 배우를 좋아하냐는 질문이다. 나는 〈미생〉 등 다양한 작품에서 좋은 연기를 보여 준 이성민 배우를 좋아한다. 언젠가 기회가 된다면 그와 함께 연기해 보는 것이 내 꿈이기도 하다. 그 외에도 변요한 배우나 최수종 배우도 팬으로서 좋아한다.

그러나 그 사람들이 내 롤모델은 아니다. 나는 롤모델이 없다. 아니, 롤모델을 만들지 않으려고 한다. 왜냐하면 다른 배우들을 롤모델로 삼으면 그 사람들을 모방하게 될까 봐서다.

나는 나만의 고유한 연기를 하는 연기자가 되고 싶다. 나 자신을 더 알아 가고 스스로 자신감을 얻고 싶어서 나 자신을 롤모델 삼았다. 이것은 자만이 아니라 열망이다.

"다양한 방면으로 다양한 장르나 역할이나 거리낌 없이 도전해 보고 싶다. 영화, 드라마, 연극에서 다양한 활동을 보여 드리고 싶다. 사람들이 꾸준히 만나고 싶은 배우로 기억에 남고 싶다. 나는 목표를 세밀하게 정하고 그걸 정하면 그것을 위해 달려가는 사람이다. 10년 안에, 40대 초반쯤 배우로서 역량을 많이 키워서 jtbc 〈뉴스룸〉에 나오고 싶다. 그걸 새 목표로 삼겠다. 배우 하지성을 응원해 주셔서 너무 감사하다."

　백상예술대상 시상식이 끝나고 jtbc와의 인터뷰에서 나는 이렇게 말했다. jtbc의 〈뉴스룸〉은 내가 좋아하는 프로그램이기도 한데 내가 참석한 백상예술대상 시상식 중계가 끝나고 이어지는 방송이기도 했다. 그동안 〈뉴스룸〉에 여러 배우들이 출연하여 인터뷰했던 걸 기억한다. 송강호, 한석규, 송중기 같은 배우님들이 출연하여 인터뷰하는 걸 봤었다. 나에게도 언젠가는 그런 기회가 오기를 바라는 마음에서 그렇게 인터뷰했던 것 같다. 말하는 대로 이루어지는 경험을 몇 번 해서 그런가. 목표를 말할 때 전보다 더 설레고 기대되는 것 같다. 정말로 말하는 대로 이루어졌으면 좋겠다.

　새롭게 이루고 싶은 목표도 있지만 앞으로 내겐 장애인 배우로서 풀어야 할 과제도 남아 있다. 장애인 배우들과 작업할 때는 별로 느끼지 못하던 문제들을 외부 작업으로 비장애인 배우들과 함께 작업할 때 겪는 어려움이 있는데 그것들을 개선하는 데 장애인 배우로서 일조하고 싶기 때문이다.

진행 김선우
기획 김지희 이지민 서경우
촬영 김동원 이한동 곽진우

jtbc 백상 인터뷰 ⓒ박세완(jtbc)

극단 애인에서는 보통 원작 희곡 전체를 무대에서 소화해 내는 방식이 아니라, 말하고 싶은 게 무엇인지에 따라 희곡을 재해석하고 각각의 배우들에게 맞는 방식으로 각색을 해 왔었다.

그런데 〈틴에이지 딕〉을 할 때는 처음부터 끝까지 희곡 그대로를 표현해 내야만 해서 긴장과 두려움이 컸다. 방식의 차이도 있지만 외부 작업을 할 때 비장애 환경이 주는 긴장감? 그런 것이 분명히 존재한다. 리딩할 때 비장애인들과 호흡을 맞춰야 하다 보니까 아무래도 더 많은 에너지를 쓰게 되는 것도 사실이었다. 그리고 대본을 놓고 움직이면서 동선을 짤 때 나와 다름에서 오는 긴장감이 있었다. 특히 속도의 차이에서 더욱 그렇다. 대사의 속도 등에서 오는 긴장도 물론 있지만, 호흡에서도 마찬가지다. 나는 내 호흡을 지키면서 대사를 하는데 상대방은 그냥 편하게, 아무렇지도 않게 툭 친다, 가볍게. 그럼 나도 그걸 받아 내기는 하지만 상대방이 너무나 편하게 쳐서 오는 미세한 긴장이 있다. 그럴 때 내 장애의 고유함으로는, 내가 아무리 가볍게 치려고 해도 비장애 배우가 하는 만큼은 되지 않는다는 걸 인정할 수밖에 없다. '힘겹게'라는 표현은 쓰고 싶지 않지만, 내 대사를 너무 가볍게 받아쳐서 나도 똑같이 받아쳐야 할 때, 그 간극의 긴장감이라니. 그런 순간 비장애인의 속도와 장애인의 속도 차이를 느끼지 않을 수 없다. 아무리 상대 배우의 호흡이 훌륭하다고 해도 나는 그걸 모방하는 걸 경계한다. 각 인물의 목소리를 연기하는 배우마다 각자의 발성이 있지만 나는 내 목소리 외에 다른 발성

법을 쓰지 않으려고 한다. 그러나 솔직히 고백하자면 내게는 '이상적인 몸'에 대한 욕망은 아직 남아 있다. '정상적인'이 아니라 '이상적인'이다.

"내가 아직도 서 있고 싶어 하나?"

스스로 이렇게 자문해 보기도 한다. 두 발로 움직이는 것이 분명 효과적이고 표현의 선택지가 많은 것도 사실이다. 허리를 꼿꼿이 세우고 걷는 연기. 그렇게 활보하고 싶은데 나는 그런 몸이 아니니까. 현재의 몸 상태를 감안하여 최대한 이상적인 몸을 그려보는 것이다. 솔직히 말하면 무대에서도 2시간씩 서서 연기하고도 지치지 않고 싶고 좀 더 자유롭게 움직이며 연기하고 싶은데 그렇게 할 수 없으니까 그런 이상적인 몸에 대한 욕망을 버리기가 지금까지도 힘이 든다. 이건 꼭 서고 싶은 '정상적인 몸'에 대한 욕망 때문만은 아니다. 서 있을 때 에너지가 더 생기는 것도 사실이니까. 내가 말하는 '이상적인 몸'이란 일종의 기능적인 편리함 같은 것일 수 있겠다.

무대 위에 방이라는 공간을 상상했을 때 최대한 워커를 쓰지 않고 서 있을 수 있는 무대의 구조를 생각해 본다. 가령, 가구라든지 그런 걸 놓으면 손으로 짚을 수 있으니까 워커가 필요하지 않아도 된다. 그런 상태라면 워커 없이도 서서 방안을 돌아다니는 움직임이 가능해질 것이다. 공간이 어떻든 벽이나 가구 등의 설치물을 이용해 이동 보조기구 없이 움직임을 만들어 낼 수가 있다. 장애 배우와 비장애 배우가 함께하는 공연에서 장애인 배우의 움직임을 계산해 무대 장치 등을 고려해 볼 수 있다면 장애인 배우들이 무대 위에서 좀 더 자유로워질 수 있지 않을까.

발성이나 호흡 같은 경우는 지금의 내 방식을 바꾸려고 하지 않는다. 그러나 움직임은 좀 다르다. 몇 년 전까지도 휠체어에서 내려오고, 서기도 하고 다양한 움직임을 할 수 있었는데 지금은 어려움이 있으니 생각이 많아지는 것도 사실이다. 〈틴에이지 딕〉이나 〈미래의 동물〉 같은 작업에서는 휠체어에서 가능한 움직임을 찾으려고 했다. 대사를 전달하는 측면에서의 연기 이외에 휠체어에서의 움직임을 통한 연기의 선택지는 아직 충분히 발명되지 않은 것 같다. 앞으로를 위해서라도 꼭 필요한 작업이라고 생각한다. 이런 것들이 바로 장애인 배우로서 부단히 연구해야 할 과제가 아닐까 싶다. 그 과정에서 또 다른 재미를 찾을 수 있었으면 좋겠다.

연기 워크숍 등에서 나만의 고유성을 찾고 기록하는 작업을 계속하고 있다. 또 그것을 바탕으로 비장애인이 쉽게 사용하는 (장애에 대한) 부정적인 단어, 표현 이런 것을 어떻게 바꿀 수 있을까, 이런 부분도 연구하고 있다. 움직임 워크숍이라고 하면, 대개 어떤 몸의 움직임을 '정상'으로 전제하는 용어를 쓰는 것이 보통이다. 그럴 때 장애인은 부정당할 수 있다. 그걸 어떻게 우리의 용어로 바꿀 것인가, 그걸 늘 고민한다. 나의, 그리고 우리의 숙제다.

공교롭게도 내가 백상예술대상을 받을 때 그 현장에는 〈이상한 변호사 우영우〉에서 자폐스펙트럼 장애인 변호사를 연기한 박은빈 배우도 있었다. 그녀는 우영우 역으로 그날 대상을 받았다. 장애인을 연기한 배우와 실제 장애가 있는 배우가 동시에 한 무대에 있었던 셈이다. 그 자리에는 내가 좋아하는 배우 탕웨이를 비롯해 소위 쟁쟁한 배우들이 함께 있었다. 그런 자리에서 누군가 쫄리지 않았냐고 물었는데 긴장하긴 했어도 결코 쫄리지는 않았다. 왜냐하면 그 시상식에 휠체어를 탄 유일한 장애인으로서 자부심을 느꼈기 때문이다.

우영우 이야기가 나왔으니 덧붙이자면, 비장애인이 장애인을 연기하는 '크리핑 업'에 대한 지적이 많다. 백인이 얼굴에 검은 칠을 하고 흑인을 연기하는 것이 이상한 것처럼 비장애인이 장애인을 연기하는 것도 그렇다는 인식이다. 최근 몇 년간, 할리우드와 다른 엔터테인먼트 산업에서는 다양성과 포용성을 더욱 중시하게 되었다. 그래서 캐릭터의 인종과 정체성에 맞는 배우를 캐스팅하는 것이 중요하다는 인식도 커지고 있다. 소수집단의 대표성을 높이고, 모든 배우에게 공정한 기회를 제공한다는 측면에서 우리 사회에서도 그런 시도와 논의가 많아져야 한다고 생각한다. 그렇게 된다면 장애인 배우들에게 더 다양한 기회가 주어지지 않을까. 나처럼 장애를 가진 배우들이 장애인 배우로서 자부심을 가지고 더 활발하게 활동할 수 있는 날이 오면 좋겠다.

'나에게 연기란 고정된 목표를 향해 나아가는 것이라기보다는 부단히 진행하는 탐험이다.'

뉴욕 출신의 전설적인 연기 코치 '헤럴드 거스킨'은 그의 저서 「연기하지 않는 연기」에서 이렇게 말했다.

그의 말대로 나는 연기라는 목표를 향해 지금도 부단히 나 자신을 탐험 중이다. 내가 가진 장애가 만들어 내는 그 고유한 스펙트럼 때문에 나의 탐험은 누구보다 독특하고 흥미진진하다. 그래서 나만이 해낼 수 있는 연기가 있다고 믿는다. 그러므로 부단히 내가 나를 롤모델 삼아 나아가야 한다.

'나를 탐험해 가는 여행에서 나는 앞으로 또 어떤 나와 만나게 될까.'

나를 기대하는 인생, 그것으로 충분하다!

하지성

글로벌사이버대학교 방송연예전공 학사

제59회 백상예술대상 연극 부문 연기상
제8회 나눔 연극제 남자연기상

2024 제1회 신촌문예, 인정투정 예술가 편
2023 장애, 제3의 언어로 말하다_선택
2022 1 Stage for 1 Player, 틴에이지 딕
2021 여기, 한때, 가가, 천만 개의 도시, 당신을 초대합니다
2020 극단 애인의 1인무대
2019 인정투쟁 예술가 편
2018 한달이랑 방에서 나오기만 해
　　　 제1회 페미니즘 연극제–조건 만남, 기억이란 사랑보다
　　　 푸른색으로 우리가 쓸 수 있는 것
2017 전쟁터 산책
2016 3인 3색 이야기, 들판에서
2015 무무, 제물포별곡
2014 너는 나다
2013 손님
2012 장애 제3의 언어로 말하다
2011 고도를 기다리며
2010 고도를 기다리며, 장애인 연극교실 워크숍 '인형의 집'

단편 영화 〈NORMAL〉

〈기타〉
장애배우의 연기로부터 장애미학의 탐색으로/2023
장애인문화예술축제 홍보대사 위촉/2023